Christine Fehér

Endlich Spitze

Band 4

KeRLE
bei Herder

Freiburg · Wien · Basel

Die Schreibweise entspricht der neuen Rechtschreibung

Gedruckt auf umweltfreundlichem,
chlorfrei gebleichtem Papier

Umschlaggestaltung und Innenillustrationen:
Milada Krautmann, Stuttgart
Reihenlayout: Network!, München

www.kerle.de
Satz: Barbara Herrmann, Freiburg
Druck und Bindung: fgb · freiburger graphische betriebe 2002
www.fgb.de
ISBN 3-451-70478-1

1. Endlich Geburtstag!

Luisa strich ihre langen blonden Haare hinter die Ohren, holte tief Luft und pustete die zwölf Kerzen auf ihrem Geburtstagskuchen aus.

„Alle mit einem Mal!“, staunte ihre Mutter und lachte Luisa an, während sie versuchte, den knapp zweijährigen Lukas daran zu hindern, seine Finger in den Kuchen zu bohren. „Da kannst du dir etwas wünschen. Du darfst es aber niemandem verraten, sonst geht es nicht in Erfüllung.“

„Oh, prima. Da muss ich mir gleich etwas ausdenken.“ Luisa schloss die Augen und lächelte still in sich hinein.

„Ein Königreich für deine Gedanken, große Tochter“, sagte ihr Vater, nachdem sie ihre Augen wieder geöffnet hatte. „Hoffentlich hat es nichts mit Jungs zu tun. Sonst werde ich noch eifersüchtig.“

„Geheim ist geheim“, schmunzelte Luisa und warf einen neugierigen Blick auf die vielen hübsch verpackten Päckchen, die auf dem Geburtstagstisch lagen. „Darf ich jetzt meine Geschenke auspacken?“

Die Eltern hatten sich wirklich Mühe gegeben. Auf dem Tisch standen hellrosa Rosen, Luisas Lieblingsblumen, und bei den Geschenken hatten sie zu jedem Papier eine farblich passende Schleife gefunden. Zwei der Päckchen waren sogar in wunderschön glänzendes Papier mit pastellfarbenen Ballettmotiven gewickelt! Luisas Herz begann wild zu hämmern, als sie eines der Päckchen vorsichtig befühlte. Seit eineinhalb Jahren ging sie nun schon regelmäßig zum Ballett, hatte viel Spaß daran, neue Freunde gewonnen und machte beim Tanzen gute Fortschritte. Sollte jetzt womöglich ihr größter Wunsch in Erfüllung gehen?

„Spitzenschuhe!", jubelte sie, nachdem sie das Ballettpäckchen geöffnet hatte und flog ihren Eltern um den Hals. „Ich habe Spitzenschuhe, hurra!" Strahlend und lachend nahm sie ihren kleinen Bruder auf den Arm und tanzte mit ihm durchs Zimmer. Dann nahm sie die neuen Ballettschuhe beinahe feierlich in die Hand, strich liebevoll über den nagelneuen, glänzenden hellrosa Satinstoff und ließ die langen glatten Schnürbänder andächtig durch ihre Finger gleiten. Innerlich sah sie sich schon tanzen, Pirouetten drehen ...

„Wir dachten uns gleich, dass du dich darüber freust", sagte die Mutter lächelnd. „Und es ist doch so, dass man mit zwölf Jahren anfangen darf, auf der Spitze zu tanzen, nicht wahr?"

„Glaube ich auch." Luisa packte bereits das nächste Geschenkpäckchen aus. „Irgendsowas Ähnliches hat Véronique jedenfalls mal gesagt. Ich werde die Schuhe gleich am Donnerstag mitnehmen."

Im zweiten Päckchen war ein neues schwarzes Balletttrikot mit einem Rock, der etwas länger war als Luisas altes Tutu. Fast alle Mädchen aus der Ballettgruppe trugen jetzt, wo sie größer wurden, schwarze statt rosafarbene oder weiße Tutus.

„Wenn es doch nur schon Donnerstag wäre", seufzte Luisa, „noch ganze drei Tage dauert es bis zur nächsten Ballettstunde!" Insgeheim fragte sie sich schon, wie sie ihrem besten Freund und Tanzpartner Jonas wohl in den neuen Sachen gefallen würde. Seit einem Jahr gab es außer den zehn Mädchen auch noch zwei Jungen in Luisas Ballettgruppe. Sascha, ein besonders begabter und noch dazu sehr netter und gutaussehender Ballettschüler aus dem russischen Sankt Petersburg hatte den sensiblen, dunkelblonden Jonas und den groß gewachsenen, hellblonden Christian in die Gruppe geschleust.

Inzwischen lebte Sascha zwar wieder in Sankt Petersburg, was alle sehr bedauerten. Jonas und Christian waren dem Ballett dennoch treu geblieben, sehr zur Freude von Luisa, die sich mit Jonas besonders gut verstand.

„Jetzt genieß doch erstmal deinen großen Tag", meinte Luisas Vater. „Wie viele Gäste kommen heute Nachmittag?"

„Acht", antwortete Luisa. „Julika, Sandra, Jonas und Vanessa, Tim und Yvonne und dann noch Marion und Tini, zwei Mädchen aus meiner Klasse. Wir wollen ins Kino und diesen neuen Tanzfilm sehen."

„Tanzfilm? Handelt der auch vom Ballett?" Die Mutter runzelte die Stirn. „Du musst aufpassen, dass du die anderen damit nicht langweilst, Luisa. Immerhin die Hälfte deiner Gäste hat nichts mit dem Tanzen zu tun."

„Aber auf Musik stehen sie alle", entgegnete Luisa. „Keine Angst, ‚Stage Fever' ist kein Ballettfilm. Es geht darin um Popmusik und moderne Tänze. Tim und Steffi haben ihn ausgesucht, die wissen genau, was die anderen gut finden."

„Na gut. Und für hinterher backe ich euch eine Pizza, was hältst du davon?"

Luisa nickte strahlend. Nun musste sie sich mit dem Auspacken beeilen, um vor der Schule zumindest noch etwas Zeit zum Frühstücken zu haben. Im Stehen biss sie in ein Toastbrot und trank etwas Tee, dann kamen aus den restlichen Päckchen nacheinander eine CD, zwei Bücher, ein Pullover, ein Paar neue Sneakers und ein Etui mit Faserschreibern für die Schule zum Vorschein. Sogar Luki bekam ein kleines Geschenk. Er durfte ein knallrotes Päckchen aufreißen, in dem er ein blaues Spielzeugauto fand.

„Vielen Dank“, strahlte Luisa und umarmte ihre Eltern noch einmal. „Ihr seid wirklich die coolsten Eltern der Welt!“

„Wenn das kein Kompliment ist!“ Die Mutter lachte und drückte Luisa an sich. „Aber jetzt musst du dich sputen. Auch an deinem Geburtstag fängt die Schule pünktlich an!“

Am Nachmittag klingelte als Erste Luisas beste Freundin Julika. Die beiden Mädchen waren unzertrennlich, seitdem die dunkelhaarige Julika im Sommer vor zwei Jahren zum ersten Mal Luisa mit zum Ballett genommen hatte. Fast von Anfang an hatte Luisa sich in der Tanzgruppe wohl gefühlt und nicht nur Julika als Freundin gewonnen. Mit ihrer Begeisterung fürs Ballett hatten die beiden Mädchen viele angesteckt und seitdem Jonas und Christian mitmachten, hatten sie am Ballett noch mehr Spaß. Doch Julika war und blieb Luisas Lieblingsfreundin.

„Du hast Spitzenschuhe bekommen?“ Julika machte große Augen, als sie Luisas Geburtstagstisch sah. „Véronique hat doch noch gar nichts davon gesagt, dass wir uns welche kaufen sollen!“

„Das wussten meine Eltern doch nicht", erwiderte Luisa beinahe entschuldigend. „Aber hatte sie nicht mal gesagt, ab zwölf dürften wir?"

„Ich glaube, das hängt nicht nur vom Alter ab", vermutete Julika vorsichtig. Sie tanzte außer in Luisas Gruppe auch noch in einer kleineren Fortgeschrittenengruppe mit den begabtesten Mädchen der gesamten Ballettschule und wusste, worauf die Ballettlehrerin achtete. Dann jedoch strahlte sie Luisa an. „Aber eigentlich hast du Recht. Irgendwann muss es ja so weit sein! In meiner anderen Gruppe bin ich die Einzige, die noch auf Schläppchen herumhüpft. Da bin ich zwar die Jüngste, aber es stört mich trotzdem. Ich kann es kaum erwarten, auch auf der Spitze zu tanzen!"

„Am besten, wir fragen Véronique gleich in der nächsten Ballettstunde", schlug Luisa vor. Dann öffnete sie das winzige, liebevoll verschnürte Päckchen, dass ihre Freundin ihr überreichte. Zum Vorschein kam eine versilberte Halskette mit dazu passendem Anhänger in Gestalt kleiner Ballettschuhe – Spitzenschuhe!

„Jetzt habe ich schon zwei Paar Spitzenschuhe", witzelte Luisa und bedankte sich bei Julika. „Pass auf, das ist ein gutes Omen. Es dauert bestimmt nicht mehr lange, bis Véronique uns auf der Spitze tanzen lässt. Ich fühle es schon in meinem großen Zeh!" Dann legte sie sich die Kette um den Hals und lief in die Küche, um sie ihrer Mutter zu zeigen.

Im nächsten Augenblick klingelte es erneut an der Tür, dann noch einmal, bis nach wenigen Minuten alle Freundinnen und Freunde zu Luisas Geburtstagsfeier versammelt waren. Alle gratulierten ihr fröhlich und überreichten ihr schöne kleine Geschenke. Luisa spürte, dass die anderen sie wirklich gern hatten. Teilweise habe ich das Julika und dem Ballett zu verdanken, dachte Luisa. Auf jeden Fall hatte ich vorher nicht so viele nette Freunde.

Als sich Luisa bei allen bedankt hatte und ihre Mutter mit einem Tablett voller Colagläser ins Zimmer kam, traten noch einmal Julika und Jonas, mit dem sich Luisa ebenfalls besonders gut verstand, hervor und überreichten ihr einen Briefumschlag. An der Briefmarke und der ungewohnten Handschrift erkannte Luisa sofort, von wem der Brief war.

„Von Sascha, Wera und den anderen russischen Balletttänzern", jubelte sie, „woher wissen die nur von meinem Geburtstag?"

„Das ist unser Geheimnis", riefen Julika und Jonas wie aus einem Munde. Gerührt öffnete Luisa den Umschlag. Unter einem Blumenbild war ein Glückwunsch in goldfarbenen kyrillischen Buchstaben aufgedruckt, innen hatte Sascha, der während seines Aufenthalts in Deutschland im vergangenen Jahr einige Monate bei Véronique Ballettunterricht genommen hatte und allen ein guter Freund geworden war, auf Deutsch ein paar nette Worte geschrieben.

Etwas wehmütig dachte Luisa an die letzte Aufführung zurück, die etwas ganz Besonderes gewesen war. Ihre Ballettlehrerin Véronique hatte nach Saschas Rückkehr in die russische Heimat heimlich Kontakt zu seiner dortigen Ballettlehrerin aufgenommen und eine Begegnung beider Balletttruppen in die Wege geleitet. Saschas Gruppe war aus Sankt Petersburg angereist, alle hatten gemeinsam trainiert und schließlich eine Aufführung auf die Bühne gebracht, die ein großer Erfolg war.

„Schade, dass sie nicht alle mitfeiern können", seufzte Luisa. „Aber nun kommt. Sonst fängt der Film noch ohne uns an, nur weil wir hier herumstehen und jammern!"

Am Abend, nachdem alle Gäste fort waren, ließ Luisa sich etwas müde, aber glücklich in einen Sessel im Wohnzimmer sinken und erzählte ihren Eltern begeistert von dem Kinofilm, den sie mit ihren Freunden gesehen hatte. Anschließend waren sie noch zusammen durch die Stadt gebummelt und hatten das erste Eis dieses Frühlings genossen. Nun betrachtete Luisa noch einmal voller Freude die schönen Geschenke, die sie bekommen hatte. Wie lieb alle an sie gedacht hatten! Am meisten jedoch freute sie sich noch immer über die Spitzenschuhe. Beinahe andächtig nahm sie sie noch einmal in die Hand. Dann stand sie auf und nahm die Schuhe mit in ihr Zimmer.

Als sie allein war und die Tür hinter sich geschlossen hatte, nahm sie aus jedem Spitzenschuh eine Kappe aus weichem Material heraus und legte sie um ihre Zehen. Vorsichtig schob sie zuerst ihren linken, dann den rechten Fuß in die neuen Ballettschuhe. Was für ein seltsames Gefühl, dachte sie; die sind ja viel härter als meine weichen, biegsamen Schläppchen! Wie steif hier die Sohle ist, und erst der Bereich vorne an den Zehen! Das fühlt sich ja an wie Holz! Neugierig stellte sich Luisa in die erste Position und versuchte ein paar kleine Schritte. Ich komme mir vor wie eine Ente, kicherte sie leise in sich hinein; wie soll ich so jemals tanzen können? Dann setzte sie sich hin und überlegte, wie sie die langen Bänder am besten um ihre Beine wickelte. Die Schläppchen wurden nur einmal gebunden und hielten dann, ein Gummi, das quer über den Spann verlief, sorgte zusätzlich für perfekten Sitz am Fuß. Aber wie band man Spitzenschuhe?

Schließlich fand Luisa in ihrem Regal ein Buch, das ihr weiterhelfen sollte, und tatsächlich hatte sie bereits nach wenigen Minuten die Bänder kreuzweise um ihre Fußknöchel geschlungen und am oberen Ende verknotet, so wie auf den Abbildungen. Aber auch dieses Gefühl war ungewohnt. Luisa hatte die Bänder zu fest geschnürt, so dass sie ihr bei jedem Schritt ins Fleisch schnitten. Nachdem sie sie gelockert hatte, rutschten sie schon beim Aufstehen hinunter zu den Fußknöcheln und der Knoten löste sich. Dennoch begann Luisa erneut zu tanzen, und als sie sich etwas sicherer fühlte, holte sie tief Luft, hielt sich an einem Stuhl fest und versuchte sich langsam auf die Spitzen zu stellen.

„Autsch!" Ein stechender Schmerz durchfuhr Luisa, so dass ihr Tränen in die Augen schossen. Schnell stellte sie sich wieder auf die Fußsohlen und spürte, wie ihr Herz klopfte. Dabei atmete sie so heftig ein und aus, als wäre sie hundert Meter gerannt. „Das tut ja weh! Wieso sieht denn das bei den erwachsenen Tänzerinnen so leicht aus?"

Noch einmal nahm sie das Buch zur Hand und studierte die Seiten, in denen vom Spitzentanz die Rede war. „Um auf der Spitze tanzen zu können, musst du lange Zeit fleißig geübt haben", stand darin.

Das habe ich, dachte Luisa. Eineinhalb Jahre dürften ja wohl reichen.

„Deine Bein- und Fußmuskulatur muss weit genug ausgebildet sein. Das ist nur durch regelmäßiges Training zu erreichen."

Ich trainiere einmal pro Woche beim Ballettunterricht, überlegte Luisa, und manchmal auch zu Hause oder zusammen mit Julika oder Jonas. Kräftiger als am Anfang sind meine Beine und Füße bestimmt. Und umknicken kann schließlich jeder mal! Sogar Julika ist das schon passiert und noch dazu mitten in einer Aufführung.

„Wenn es bei dir so weit ist, dass du dich langsam an erste Übungen auf der Spitze wagen kannst, wird dir deine verantwortungsvolle Ballettlehrerin sagen“, schloss der Text unter dem Foto eines Mädchens, das an der Stange eine *arabesque* auf Spitzenschuhen ausführte. „Auf keinen Fall solltest du auf eigene Faust damit anfangen, ehe sie dir grünes Licht gegeben hat. Sonst kannst du deinen Bändern und Gelenken ernsthaften Schaden zufügen.“

„Haben die mich beobachtet?“, murmelte Luisa und schlug das Buch zu, als wäre sie bei etwas Verbotenem ertappt worden. „Das ist ja die reinste Anklage.“ Mit einem Seufzer stellte sie das Buch ins Regal zurück und streifte sich die Spitzenschuhe von den Füßen. Ein wenig besorgt betrachtete sie ihre nackten Zehen, die leicht gerötet waren, und versuchte sie zu bewegen.

Zum Glück tat nichts weh.

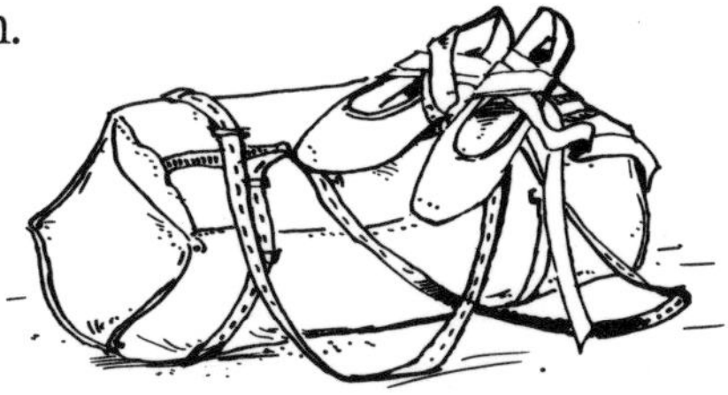

2. Tränen im Ballettsaal

„Natürlich habe auch ich schon an Spitzenschuhe für eure Gruppe gedacht, Luisa“, sagte Véronique in der Ballettstunde am darauf folgenden Donnerstag. „Aber man beginnt nicht automatisch mit Spitzenschuhen zu tanzen, nur weil man gerade zwölf Jahre alt geworden ist. Die körperlichen Voraussetzungen müssen stimmen! Alles andere wäre wirklich verantwortungslos.“

Luisa runzelte die Stirn. „Heißt das, meine Eltern haben mir die Schuhe vergebens geschenkt?"

Véronique legte ihr den Arm um die Schultern. „Es wäre besser gewesen, wenn sie den Kauf solch teurer Schuhe vorher mit mir besprochen hätten", gab sie zu. „Streng genommen müsste ich euch damit zum Laden zurückschicken, denn dass die Verkäuferin dort überhaupt deinen Eltern Spitzenschuhe verkauft hat, ohne dass du selbst dabei warst, ist geradezu ungeheuerlich. Aber nun ist es nicht mehr rückgängig zu machen und ich will dir auch nicht die Geburtstagsfreude verderben. Vielleicht sind sie dir ja noch nicht zu klein, wenn ihr so weit seid."

„Zu klein?" Luisa wand sich aus dem Arm ihrer Ballettlehrerin. Sie spürte, wie Tränen der Enttäuschung in ihre Augen schossen. „So schnell wachse ich doch gar nicht! Soll das heißen, ich muss vielleicht noch ein halbes Jahr warten, oder noch länger?"

„Nun mach dich doch nicht verrückt", antwortete Véronique. „Natürlich arbeiten wir in der nächsten Zeit darauf hin. Aber heute bringst du die Spitzenschuhe bitte in den Umkleideraum zurück und ziehst deine Schläppchen an."

Luisa merkte der Stimme ihrer Lehrerin an, Véronique würde keine weitere Diskussion zulassen. Widerspruchslos ging sie in den Umkleideraum. Julika folgte ihr.

„Sei nicht traurig, Luisa", tröstete die Freundin sie, „ich glaube, Véronique hat Recht. Würde es dir Spaß machen, wenn du heute als Einzige schon mit dem Spitzentanz anfängst und alle anderen noch in Schläppchen tanzen? Stell dir das doch nur mal vor. Wir wollten doch zusammen damit anfangen!"

Luisa wischte sich eine Träne aus dem Augenwinkel

und schob ihre Spitzenschuhe zurück in die Balletttasche. „Du hast ja Recht", lächelte sie und streifte sich ihre alten Ballettschuhe über die Füße. „Alleine würde es wirklich keinen Spaß machen. Gehen wir wieder rein."

Die anderen Schüler und Schülerinnen hatten sich bereits an der Ballettstange verteilt. Aus der Stereoanlage erklang die übliche Klaviermusik, zu der die Mädchen und Jungen sich zu Beginn einer jeden Ballettstunde aufwärmten. Rasch suchten Luisa und Julika sich ebenfalls einen Platz an der *barre* und versuchten, sich auf die Musik und auf Véroniques Anweisungen hin zu konzentrieren. Luisa brauchte ein paar Minuten, um die *pliés* und *relevés* sicher und im richtigen Takt zur Musik auszuführen. In Gedanken war sie noch immer bei den Spitzenschuhen. Aber Véronique duldete es nicht lange, dass ihre Schülerin abgelenkt war.

„*Ronde de jambe à terre*", verkündete sie, „Arme in die 2. Position, rechte Fußspitze nach vorn und kreisförmig über den Boden in die 2. Position, dann nach hinten in die 4. Position und zurück in die erste führen. Viermal, bitte. Diese Übung ist wichtig, um eure Hüftbänder zu lockern und die Auswärtsdrehung zu verbessern. Gut so, Julika!" Die Ballettlehrerin ging langsam von einer Schülerin zur anderen, um zu korrigieren; auch die beiden Jungen, Jonas und Christian, vergaß sie nicht. „Ja, ihr werdet immer besser", lobte sie, „man merkt, dass ihr keine Anfänger mehr seid. Jonas, die ganze Bewegung noch etwas gleitender, nicht so ruckartig. Christian, nicht in der Hüfte abknicken, Sandra und Alina auch. Sonst ist es prima. *Tournez!*"

Luisa begann innerlich zu kochen, während sie sich umdrehte, um die gleiche Übung mit dem anderen Bein auszuführen. Warum lobt Véronique nicht auch mich einmal?, dachte sie und musste richtig aufpassen, dass sie ihrer Lehrerin keinen allzu wütenden Blick zuwarf. Habe ich mich etwa nicht verbessert? Nur Julika und Alina? Oder hat sich Véronique geärgert, weil ich die Spitzenschuhe mitgebracht habe?

„Luisa, etwas mehr Konzentration, wenn ich bitten darf", rief ihr die Lehrerin auch schon zu, „der Fuß zeigt zur Seite, er muss mit deinem Bein eine Linie bilden. Die Zehenspitzen strecken! Nicht die Ferse nach hinten drehen! Noch einmal."

Luisa bemühte sich um eine bessere Körperhaltung und konzentrierte sich erneut. Gleichzeitig versuchte sie, ihren Ärger hinunterzuschlucken. Neben ihr an der Stange stand Jonas und warf ihr einen aufmunternden Blick zu. Luisa atmete tief durch. Wenn ich nicht besser werde, lässt Véronique mich nie auf der Spitze tanzen, dachte sie und gab sich bei den letzten drei *rondes de jambe* besondere Mühe. Doch erst bei den letzten Übungen an der Stange, den *développés*, fand Luisa zu ihrer gewohnten Form und ihrer sonst so guten Konzentration zurück.

„Die rechte Fußspitze langsam am Bein bis zum Knie hochführen", wies Véronique ihre Ballettschüler an, „dabei bleiben die Beine auswärts gedreht. Den rechten Arm vor dem Körper anheben, das muss weich und elegant aussehen. Gut, Luisa, sehr schön, Nicole. Jetzt das Bein langsam nach vorn entfalten und durchstrecken! Noch mehr durchstrecken, Christian! Ja, so. Und gleich noch einmal."

Immerhin, Véronique hatte „gut" gesagt! Luisa brach der Schweiß aus und ein Muskel in ihrem Oberschenkel zitterte. Es war schwer, das Bein so lange vor dem Körper gestreckt zu halten. Ob es diese Übung auch auf der Spitze gab? Wie mochte sich das anfühlen, und war es nicht so schon anstrengend genug?

Als Nächstes übten sie *Spagat* an der Stange. Auf einem Bein stehend, wurde der Fuß des Spielbeins auf die Stange gelegt, und das Bein musste so weit wie möglich gestreckt werden, um mit dem Standbein eine Linie zu bilden. Diese Übung trieb fast allen Schweißperlen auf die Stirn, richtig gut konnten den Spagat nur Julika und Alina. Luisa knickte ihr Spielbein noch zu sehr im Kniegelenk ein, obwohl es darin schon mächtig zog und schmerzte.

Endlich gönnte die Lehrerin ihnen eine Pause. Während die Jungen und Mädchen ihre Arme und Beine ausschüttelten und ein paar Lockerungsübungen im Saal machten, suchte Véronique für die *exercises* im Saal eine neue CD heraus und legte sie ein. Schon bei den ersten Tönen hielt Luisa inne und blickte erstaunt auf.

„Was ist denn das?", fragte sie und sah abwechselnd Julika und Véronique an, während sie der klagenden Melodie einer Oboe lauschte. „So eine schöne Musik habe ich noch nie gehört, glaube ich. Es hört sich geradezu an, als ob jemand traurig ist und … wegfliegt!"

„Du hast es genau erfasst, Luisa!" Véronique nickte ihr zu. „Das ist das Thema von ‚Schwanensee', einem der schönsten und berühmtesten Ballette der Welt. Peter Iljitsch Tschaikowski hat es komponiert. Ein Prinz und eine wunderschöne Frau namens Odette, die durch einen bösen Zauberer in einen Schwan verwandelt wurde und nur zwischen Mitternacht und Morgengrauen ihre menschliche Gestalt annehmen kann, verlieben sich unsterblich ineinander. Da der Zauberer sie nicht freigeben will, stürzen sich schließlich beide in den See, in dem Odette mit den anderen Schwänen gelebt hat."

„Was für eine altmodische, traurige Geschichte", seufzte Luisa. „Aber traurige Musik ist oft am schönsten."

„Immerhin ist es die Geschichte einer Liebe, die stärker ist als der Tod", lächelte Véronique. „Siegfried, also der Prinz, wollte ohne Odette nicht mehr weiterleben. Lieber starb er mit ihr, als allein zu bleiben."

„Ist der blöd!" Christian tippte sich mit dem Finger an die Stirn. „Wie kann man sich nur wegen 'ner Tussi umbringen! Ich würde nicht mal heulen, wenn sie abhaut, sondern mir 'ne neue suchen."

„Hört, hört!" Alina, die recht gut mit dem groß gewachsenen, blonden Jungen befreundet war, verschränkte ihre Arme vor der Brust. „So ein unromantischer Kerl! Und ich dachte gerade, wir könnten vielleicht mal ‚Siegfried und Odette' zusammen tanzen!"

„Umbringen würde ich mich auch nicht", sagte Jonas und warf einen etwas verlegenen Seitenblick auf Luisa. „Aber heulen schon. Wisst ihr noch, als Sascha zurück nach Russland musste? Der hat damals auch geheult, vor allem wegen Julika."

„Erinnere mich nur nicht daran!" Julika seufzte und schaute zur Saaldecke. „Genau an diesen Abschied musste ich bei der Musik sofort denken. Wenn Sie damals nicht die Idee mit der gemeinsamen Ballettaufführung von uns und Saschas Ballettgruppe aus Sankt Petersburg gehabt hätten, würde ich wohl jetzt noch in der Ecke sitzen und flennen. Jetzt versuche ich die ganze Zeit, meine Eltern zu überreden, dass wir mal dorthin in Urlaub fahren."

„Seht ihr, so altmodisch ist die Geschichte gar nicht." Véronique drehte die Musik etwas lauter. „Tauchen wir doch einfach mal ein in diese schöne Musik, die sicher nicht nur bei Luisa gleich die Fantasie angeregt hat! Wenn es auch bis zu den Rollen des Siegfrieds und der Odile noch ein weiter Weg sein dürfte, liebe Alina. Das eigentliche Ballett ‚Schwanensee' kann nur von ausgebildeten erwachsenen Tänzerinnen und Tänzern getanzt werden, und das Paar nur von den ersten Solisten. Wir können hier nur unsere Schritte zu der Musik tanzen, die wir schon gelernt haben."

Die Schüler und Schülerinnen stellten sich in einer Ecke des Saales auf. „Für die Bewegungen der Schwäne spielt die *arabesque* eine große Rolle", fuhr Véronique fort, nachdem die Jungen und Mädchen zunächst einige leichtere Schritte wiederholt hatten. „Wir haben sie schon oft geübt, aber sie ist ja auch schwierig genug. Also los!" Sie machte die Übung einmal vor, indem sie erst vier kleine Schritte tanzte, dann eine *arabesque* ausführte, dann folgten vier größere Tanzschritte und eine weitere *arabesque*. „Vor der *arabesque* nicht erst anhalten, die Bewegungen müssen fließend ineinander übergehen!", erklärte Véronique.

Das Thema von „Schwanensee" erklang von neuem. Luisa schloss einen Moment lang die Augen und lauschte. Ganz deutlich sah sie den See vor sich, die Schwäne, die darüber hinwegflogen, das leicht vom Wind gekräuselte, nachtdunkle Wasser, Schilfpflanzen am Ufer, den verliebten Prinzen, vielleicht Jonas, der im Mondlicht auf sie, die verzauberte Schwanenkönigin, wartete. Schon stellte sie sich vor, als Schwan mit den Flügeln zu schlagen und abzuheben, tat ein paar kleine Schritte und versuchte dann noch eine *arabesque*, diesmal sogar auf halber Spitze. Ohne darüber nachzudenken, legte sie ihren Kopf nach hinten und die Arme ebenfalls, fast meinte sie wirklich abzuheben, während sich die Musik steigerte. Aus den Augenwinkeln bemerkte sie Julika und die anderen Ballettmädchen, die sich heute alle besonders große Mühe bei dieser Übung gaben. Jonas und Christian hingegen sahen dabei noch etwas wackelig aus.

„Sehr schön, Luisa!", rief Véronique, „So ist es prima. Vanessa, jetzt das Spielbein noch eine Idee höher, den Blick geradeaus richten. Wunderbar. Julika, jetzt auch auf halbe Spitze hoch. Gut, Alina. Ihr lauft ja heute alle zur Bestform auf, woran liegt das nur?"

„An der tollen Musik!", rief Luisa, „Bitte, dürfen wir jetzt improvisieren?"

Véronique konnte sich das Lachen nicht verkneifen. „Ihr tut es ja schon fast die ganze Zeit!", stellte sie fest, „Deine *arabesque* zum Beispiel sah schön und fantasievoll aus, Luisa, aber ganz anders als die, die ich euch gezeigt hatte! Also, ihr lieben Schwäne, dann zeigt mal alles, was euch dazu einfällt!"

„Dieses Foto hier ist auch eine Szene aus ‚Schwanensee'." Nach der Ballettstunde stand die Lehrerin mit ihren Schülern im Flur zu den Umkleideräumen und zeigte ihnen Bilder von vergangenen Aufführungen älterer Schüler. „Es ist der *pas de quatre,* der berühmte ‚Tanz der vier kleinen Schwäne', bei dem die Bewegungen der vier Tänzerinnen vollkommen synchron verlaufen, was übrigens wunderhübsch aussieht. Einige unserer größten Schülerinnen haben diesen Tanz einmal aufgeführt. Der *pas de quatre* ist extrem schwierig."

Die Mädchen beugten sich vor, um das Bild ganz aus

der Nähe betrachten zu können. „Das sieht ja schon kompliziert aus, wie die da stehen“, stieß Julika hervor, „mit diesen über Kreuz gehaltenen Armen, wobei die Tänzerinnen sich auch noch an den Händen halten! Kommt, wir probieren es gleich mal aus, uns auch so hinzustellen.“ Sie bildete mit Luisa, Vanessa und Sandra eine Reihe, Vanessa und Sandra standen außen und Luisa und Julika in der Mitte. Nachdem sie die Arme in die richtige Position gebracht hatten und es auch schafften, sich über Kreuz an den Händen zu halten, mussten sie sich nun noch jede auf das linke Bein stellen und den rechten Fuß dem Standbein entlang bis zum Knie hochziehen.

„He, es war von *synchron* die Rede“, sagte Luisa lachend, als Julika zu wackeln begann und alle vier beinahe umkippten, „Fang dich, Julika, und jetzt auf halbe Spitze hoch!“

Ein paar Sekunden lang gelang es den vier Mädchen tatsächlich, so stehen zu bleiben wie die vier Tänzerinnen auf dem Foto. Dann lösten sie sich lachend wieder voneinander. Alina, Conni, Katharina und Nicole versuchten es ebenfalls. Auch bei ihnen endete das Ganze in lautem Gelächter.

„Ihr werdet einmal ganz groß herauskommen“, meinte Véronique schließlich, die ihre Schülerinnen amüsiert beobachtet hatte. „Und zwar als Kabarettistinnen. Aber nun geht euch umziehen. Ich muss pünktlich los.“

Als Luisa wenig später gemeinsam mit Julika, Jonas und Vanessa durch die Eingangstür der Ballettschule trat, staunte sie nicht schlecht, als sie beinahe mit Tim zusammenstießen, dem Jungen, mit dem sie sich vor einiger Zeit in der Schule angefreundet hatte und der inzwischen auch für die anderen aus der Ballettgruppe ein guter Kumpel geworden war, auch wenn er als Breakdance- und HipHop-Fan vom klassischen Bühnentanz nicht viel hielt. Tim war knapp zwei Jahre älter als Luisa und ein richtiger Mädchenschwarm. Neben ihm stand seine jetzige Freundin Yvonne, ließ eine Kaugummiblase platzen, warf ihre blonden Locken in den Nacken und drückte sich an seine Seite.

„Was macht ihr beiden denn hier?", fragte Luisa, „Ausgerechnet bei der Ballettschule? Sonst kannst du doch gar nicht genug Gründe zum Lästern finden, Tim!"

Tim grinste ein wenig schief und deutete auf Yvonne. „Hast du es vergessen, Luisa?", fragte er. „Nach eurer Russenshow habe ich doch gesagt, dass Yvonne sich anmelden will, sobald klar ist, dass ihr bei diesem Fotoroman mitmachen dürft!"

„FOTOROMAN???", riefen die vier wie aus einem Munde. „MITMACHEN?"

„Habe ich doch gesagt", wiederholte Tim. „Mein Vater hat seine Connections zur Presse spielen lassen, und jetzt ist euer Lieblingsblättchen ‚Halbe Spitze' ganz heiß darauf, eine Fotostory über den Act mit Sascha und den anderen Petersburgern zu bringen. Wollt ihr jetzt etwa kneifen?"

3. Wirbel um Sankt Petersburg

„Dass wir in der Fotostory mitspielen dürfen, ist einfach genial“, meinte Luisa schwärmerisch, „ich kann es noch gar nicht richtig glauben! Habt ihr auch das letzte Heft gelesen, mit dem Fotoroman über die Aufführung einer berühmten Balletttruppe, die noch Statisten suchte, und wie diese Marie dann das Vortanzen gewonnen hat? Ich habe richtig mitgefiebert. Und schon bald werden *wir* darin zu sehen sein, stellt euch das nur vor!“

„Ich bin zu gespannt, was Tim und diese Yvonne jetzt da drinnen mit Véronique besprechen“, meinte auch Julika. „Ein starkes Stück ist das ja schon. Uns konnte sie gar nicht schnell genug loswerden, weil sie es angeblich so eilig hatte, und die beiden hocken jetzt schon seit über zehn Minuten bei ihr!“

„Du kennst doch Tim.“ Luisa setzte sich auf einen kleinen Mauervorsprung auf dem Platz vor der Ballettschule und hielt ihr Gesicht in die Frühlingssonne. „Wenn der was durchsetzen will, textet er erstmal alle zu, bis sie ihm aus der Hand fressen. Diesmal ist eben Véronique dran. Das kann dauern.“

„Véronique findet es doch bestimmt selber toll, wenn aus unserem Projekt mit den Petersburgern ein Fotoroman entstehen würde." Auch Jonas sah immer wieder zwischen seiner Armbanduhr und der Tür zur Ballettschule hin und her. „Wovon muss er sie da noch überzeugen?"

„Von Yvonne", erwiderte Luisa. „Könnt ihr sie euch in unserer Ballettgruppe vorstellen? Ich finde, das passt überhaupt nicht zu ihr."

„Vielleicht hat sie nach unserer letzten Aufführung Lust darauf bekommen", vermutete Jonas' Schwester Vanessa. „Dann können wir es ihr kaum ausreden. Und Véronique wird das auch nicht tun."

„Da kommen sie!", rief Luisa, und schon lief sie ihren Freunden voraus auf Tim, Yvonne und die Ballettlehrerin zu, die im Laufschritt zu ihrem Auto eilte. „Also, was ist? Wann kommen die Reporter, Tim?"

„Jetzt bleib mal cool, Luisa." Tim legte seinen Arm um Yvonne und winkte Véronique mit einer lässigen Handbewegung nach. Die startete gerade ihren Motor und fuhr rückwärts aus der Parklücke. „Sie muss ja erstmal die Ballettlehrerin von eurem Russenboy fragen, ob die noch mal mitmachen würde und alles. Dann sehen wir weiter. Auf jeden Fall ist Yvonne erstmal bei euch in der Gruppe."

„Tatsächlich?" Luisa bemühte sich, ihrem Gesicht keinen allzu entsetzten Ausdruck zu verleihen. „Machst du gleich ab nächsten Donnerstag mit?"

Yvonne nickte. „Véronique schien sich echt zu freuen. Ich bin schon total gespannt auf meine erste Ballettstunde nach so langer Zeit. Und auf die Fotosession natürlich auch."

„Was meinst du damit: Nach so langer Zeit?", fragte Luisa.

„Ich hatte schon mal Ballettstunden, als ich klein war, so mit sieben oder acht Jahren", berichtete Yvonne. „Aber dann habe ich wieder aufgehört. Dabei hatte es mir eigentlich immer Spaß gemacht."

„Am Anfang ist es ganz schön anstrengend, wenn man die Übungen nicht gewohnt ist. Du bist ja jetzt schon lange raus." Julika musterte Yvonne von oben bis unten. „Aber das wirst du ja selber merken. Gib einfach dein Bestes."

„Also dann." Tim setzte sich in Bewegung und zog seine Freundin mit sich. „Ich werde meinen Vater auch noch ein bisschen bearbeiten. Wird schon schief gehen mit eurem Fotoroman."

„Hoffentlich", seufzte Luisa, als die beiden außer Sichtweite waren. „Ich dachte eigentlich, als Tim mit seiner Flamme hier auftauchte, wir erfahren heute schon mehr."

„Na zumindest *er* hat wohl genug erfahren." Vanessa blickte den beiden mit gerunzelter Stirn nach. „Wetten, er wollte erst sicher gehen, dass Véronique seine Süße beim Ballett aufnimmt, bevor er überhaupt in Sachen Fotoroman was unternimmt?"

„Nur damit sie auf den Fotos mit drauf ist", grummelte Luisa.

„Gerade jetzt, wo wir bald mit Spitze anfangen wollen." Auch Julika schaute düster drein. „Diese Yvonne ist doch noch eine totale Anfängerin! Und wie ich Véronique kenne, sollen wir uns alle nach ihr richten, damit auch ja jeder die gleiche Chance bekommt."

„Beim Fotoroman auf der Spitze tanzen, das wäre toll!" Luisa vergaß Yvonne für einen Augenblick und geriet gleich wieder ins Schwärmen. „Das müssen wir schaffen, meint ihr nicht auch?"

„Unbedingt!" Julika nickte ihr zu. „In der anderen Gruppe hat Véronique uns schon gezeigt, welche Muskeln wir besonders trainieren müssen, damit unsere Füße kräftig genug für den Spitzentanz sind. Ich kann es dir zeigen, wenn du willst. Kommst du noch mit zu mir?"

„Besonders auf den Spann kommt es an", erklärte Julika wenig später in ihrem Zimmer und streckte ihren rechten Fuß so weit nach vorn, dass der Spann, der höchste Knochen des Fußes, sich vorwölbte. „Dieser Bereich muss auf jeden Fall kräftig genug sein. Wichtig sind auch starke Waden und Fußgelenke, hat Véronique gesagt. Damit hältst du das ganze Gewicht, wenn du auf der Spitze stehst. Bei den anderen aus meiner Gruppe habe ich es auch gesehen. Die großen Zehen alleine können das nicht schaffen. Wenn keine Muskeln zum Stützen da sind, knicken die sofort weg."

„Klingt eigentlich logisch", murmelte Luisa. Ihr war längst klar geworden, was sie bei ihrer heimlichen Übung auf den neuen Spitzenschuhen zu Hause falsch gemacht hatte. Mit kritischem Blick verfolgte sie ihre eigene Streckung des Fußes. Wie lange es wohl dauern würde, bis sie so weit war, wenn bisher noch nicht mal Julika je einen Spitzenschuh angehabt hatte?

„Vielleicht solltest du auch lieber zwei Mal pro Woche zum Ballett gehen", überlegte Julika laut, als hätte sie die Gedanken ihrer Freundin erraten. „Zu uns hat Véronique mal gesagt, einmal in der Woche zu trainieren würde gar nicht ausreichen, um kräftig genug für Spitzenschuhe zu werden. Selbst dann nicht, wenn man zwischendurch zu Hause übt."

„Lass das nur nicht meine Eltern hören." Luisa zog ihren Fuß wieder zurück und lockerte ihre Wadenmuskeln. „Die zahlen bestimmt nicht einfach mal eben das Doppelte für Ballettstunden."

„Ach Quatsch." Julika schaute Luisa beinahe verärgert an. „Das wirst du doch wohl schaffen, sie davon zu überzeugen. Immerhin haben sie dir Spitzenschuhe gekauft, dann müssen sie doch auch wollen, dass du darin tanzen kannst! Sag ihnen einfach, wenn du nicht zweimal in der Woche zum Ballett darfst, müsst ihr die Schuhe umtauschen. Das ist noch nicht mal gelogen."

„Kannst du nicht vielleicht dabei sein, wenn ich sie frage?" Luisa stellte sich auf die halbe Spitze und versuchte zu spüren, wie es ist, den Halt ihres Körpers über die Anspannung ihrer Wadenmuskeln zu finden. „Dann ist wenigstens noch jemand da, wenn mir die Argumente ausgehen."

„Und wie ich da sein werde", lachte Julika. „Ich habe das bei meinen Eltern ja auch schon durchgeboxt. So schnell gehen mir die Argumente nicht aus, wenn es ums Ballett geht. Aber erstmal warten wir ab, was aus dem Fotoroman wird."

Die Tage bis zur nächsten Ballettstunde zogen sich für Luisa und ihre Freunde hin wie zäher Kaugummi. Oft trafen sie sich nachmittags, um gemeinsam die neu gelernten Ballettübungen und -schritte zu wiederholen, aber wenn sie das Warten gar nicht mehr aushielten, gingen sie ins Schwimmbad oder sausten auf Inline-Skates durch die Stadt, um sich abzulenken. Besonders viel Spaß hatte Luisa dabei mit Jonas, der auf den Skates ein richtiges As war und immer gewagtere Sprünge und Kurven vollführte. Fast wie beim Tanzen, dachte Luisa oft; komisch eigentlich, dass er beim Ballett immer noch so schüchtern ist.

Auf den Skates ist er sogar besser als Tim, bloß dass Jonas sich längst nicht so viel darauf einbildet.

„Du bist ja nur noch unterwegs, Luisa", sagte ihre Mutter eines Abends zu ihr, als Luisa vom Skaten so müde nach Hause kam, dass sie ihre Inlines einfach mitten im Flur stehen ließ, statt sie noch in den Keller zu tragen und ins Regal zu stellen. „So langsam wird mir das ein bisschen zu viel. Ich sehe dich ja kaum noch. Denkst du denn auch ab und zu mal an die Schule?"

Luisa nahm die Colaflasche aus dem Kühlschrank und goss sich ein großes Glas voll, obwohl ihr das Stirnrunzeln ihrer Mutter nicht entging. Abends sollte sie eigentlich keine Cola mehr trinken, schon gar keine eiskalte.

„Ans Ballett denke ich öfter, und an meine Clique auch", gab sie unumwunden zu. „Aber in der Englischarbeit habe ich heute eine Zwei Minus bekommen."

„So, na dann ist es ja gut." Die Mutter lehnte sich in ihrem Stuhl zurück und lächelte Luisa an. „Aber du hättest mir ruhig erzählen können, dass ihr eine Arbeit schreibt." Und etwas wehmütig fügte sie hinzu: „Bist du wirklich schon so groß, dass ich solche wichtigen Dinge nicht mehr erfahre?"

Luisa beugte sich hinunter und drückte der Mutter einen Kuss auf die Wange. „Es war gar keine Klassenarbeit", sagte sie und krümmte sich vor Lachen. „Es war ein Vokabeltest. Zwölf von sechzehn Wörtern hatte ich richtig. Toll, was? Wo ist überhaupt Lukas?"

„Er schläft schon seit eineinhalb Stunden", antwortete die Mutter. „Wenigstens ein kleines Kind habe ich noch, wo du mir nun schon über den Kopf wächst. Komm, mach dir wenigstens noch ein Brot, bevor du auch ins Bett gehst, Luisa."

„Und übernächste Woche kommt dann der Fotograf von der Ballettzeitschrift ‚Halbe Spitze'", berichtete Véronique ihren Schülerinnen und Schülern, als es endlich wieder Donnerstag war. Gerade hatten sie Yvonne als neues Mitglied der Ballettgruppe begrüßt und die Aufwärmübungen am Boden und an der Stange beendet. „Fürs Erste will er nur ein paar Bilder von unseren Übungsstunden hier schießen. Aber viel interessanter für ihn – und natürlich in erster Linie für die Leserschaft des Heftes – ist Sankt Petersburg und die Ballettgruppe dort, in der Sascha tanzt."

Im Ballettsaal wurde es still. Luisa, Julika, Jonas und Vanessa starrten ihre Ballettlehrerin an, die anderen außer Yvonne senkten ihre Köpfe. Sankt Petersburg? Saschas Ballettgruppe? Natürlich sind die interessanter, dachte Luisa und verschränkte die Arme vor der Brust. Die tanzen ja auch zehnmal besser als wir hier. Ich wette, mein damaliges Gastmädchen Wera schwebt schon seit Wochen auf Spitzenschuhen herum, dabei ist sie nicht älter als Julika und ich. Diese Reporter wollen bestimmt bloß eine Geschichte schreiben, wie fleißig die russischen Ballettschüler sind und wie schlecht dagegen wir.

Tränen stiegen ihr in die Augen, als sie daran dachte, dass sie noch nicht mal die notwendigen zwei Ballettstunden pro Woche besuchte, die sie für den Spitzentanz brauchte.

„Dieses Jahr sind bekanntlich ziemlich lange Pfingstferien", überlegte Véronique laut. „Eine gute Gelegenheit, um für die gemeinsamen Fotoaufnahmen zu unseren Freunden nach Sankt Petersburg zu reisen. Die Frage ist natürlich, ob ihr alle dürft."

„Moment." Julika richtete sich auf und ihre Augen wurden groß. „Haben Sie wirklich gesagt, Sankt Petersburg, Véronique? Heißt das, wir fahren hin?"

„Es war der Vorschlag des Fotografen." Die Ballettlehrerin nickte. „Er war total begeistert von der Idee, beide Ballettgruppen in der traumhaften Kulisse Sankt Petersburgs zu fotografieren. Das wäre ideal, um im Fotoroman die Geschichte eures gemeinsamen Tanzes und eurer Freundschaft über alle Grenzen hinweg zu erzählen. Für die Leserschaft sei das auch viel spannender, als wenn er den Roman hier bei uns spielen lassen würde, meinte er. Das habe es noch in keinem Fotoroman in der Zeitschrift ‚Halbe Spitze' gegeben."

„Das stimmt", jubelte Luisa. „Aber die Zeitschrift gibt es ja auch erst seit etwas mehr als einem Jahr."

„Dennoch musste ich ihm sagen, dass es nicht einfach werden würde, euch alle an den freien Tagen unter einen Hut zu bringen. Manche Eltern haben vielleicht schon Reisepläne geschmiedet, das Wetter wird ja jetzt schöner. Was mit den Petersburgern ist, wissen wir auch nicht."

„Ich darf mit", meldete sich Yvonne zu Wort. „Meine Eltern haben schon zugestimmt." Sie warf ihren blonden Pferdeschwanz nach hinten, überprüfte ihr Spiegelbild und zupfte an ihren schwarzen Stulpen herum.

„Prima." Véronique holte einen Taschenkalender und machte sich eine Notiz, warf Yvonne jedoch einen verwunderten Blick zu. Auch die anderen Mädchen sahen Yvonne erstaunt an, nur Luisa stieß einen schnaubenden Laut aus. Klar darf Yvonne mit, dachte sie, das wird unser lieber Tim schon gemanagt haben. Wahrscheinlich fliegt sie sogar Erste Klasse, als VIP.

Jonas lehnte sich gegen die Wand und winkte ab. „Für uns ist das schon gestorben", meinte er bedrückt. „Meine Eltern haben zehn Tage Gran Canaria gebucht. Ist ja noch Vorsaison, schön billig. Dafür dürfen Vanessa und ich dann die ganzen Sommerferien hier versauern."

Seine Zwillingsschwester Vanessa nickte und zog einen Flunsch. „Leider."

„Was? Ausgerechnet ihr beide? Das darf doch nicht wahr sein!", jammerte Luisa, „Mit wem soll ich dann tanzen, wenn du nicht mitkommst, Jonas?"

„Ich weiß gar nicht, was du hast, Luisa." Yvonne pustete sich eine Locke aus der Stirn, die sich beim Tanzen gelöst hatte. „Wetten, in Russland gibt es jede Menge süßer Typen?"

4. Jonas muss mit!

Am nächsten Tag schien die Märzsonne zum ersten Mal in diesem Jahr richtig warm, als Luisa und Julika sich in der großen Pause auf dem Schulhof trafen. Die beiden Freundinnen besuchten nicht dieselbe Klasse, Luisa ging in die 6a, während Julika zu den Schülerinnen der 6b zählte. Dennoch verbrachten sie, wann immer es möglich war, die Pausen gemeinsam. Auch jetzt schlenderten sie nebeneinander her, aßen ihr mitgebrachtes Obst und warfen ab und an Blicke auf die benachbarte Realschule, mit der sich ihre Grundschule den Pausenhof teilte und die auch sie vom kommenden Herbst an besuchen würden. Auch Tim und Yvonne gingen dort in die 8. Klasse.

„Für die nächsten Wochen hätten wir auch ohne Schule genug um die Ohren“, seufzte Luisa. „Wir müssen hart trainieren, damit Véronique uns endlich in Spitzenschuhen tanzen lässt, dazu Jonas und Vanessas Eltern die Urlaubspläne ausreden, unsere eigenen Eltern davon überzeugen, dass sie uns nach Russland reisen lassen, und aus Yvonne einen halbwegs vernünftigen Menschen machen. Wie sollen wir das alles schaffen, wenn unsere Lehrer dauernd mit ihren Klassenarbeiten herumstressen?“

„Angeblich sind die Noten so wichtig für den Übergang auf die Realschule.“ Julika warf ihren Apfelgriebsch in hohem Bogen fort und traf genau in den Abfalleimer. „Mich interessieren im Moment nur Sport und Musik, weil ich sowieso Balletttänzerin werden will. Na ja, Englisch sprechen zu können, ist dafür vielleicht nicht verkehrt. Hast du mit deinen Eltern schon wegen Sankt Petersburg gesprochen?“

„Du kannst dir denken, dass sie mich zappeln lassen“, antwortete Luisa. „Die üblichen Argumente halt: Dein Geburtstag war schon teuer genug, Kind, die Spitzenschuhe, das Kino und alles, so eine Reise ist ganz schön kostspielig und als Familie wollen wir schließlich auch mal verreisen. Das sind harte Nüsse.“

„Tröste dich, bei mir ist es nicht besser.“ Julika zog Luisa auf eine Bank und streckte die Beine aus. „Aber etwas Zeit haben wir ja noch, um unsere Eltern weichzuklopfen. Bei Jonas und Vanessa sieht es schon schlechter aus, befürchte ich. Eine gebuchte Reise abzusagen ...“

„Da vorne ist Yvonne.“ Luisa krallte ihre Hand in Julikas Arm und deutete mit dem Kinn in eine etwas versteckte Ecke neben dem Eingang zur Realschule. „Sie übt tanzen, mitten auf dem Schulhof! Ihr Spruch über die süßen Jungs in Russland war total daneben. Jonas hat mir richtig Leid getan.“

„Ich fand es vor allem Tim gegenüber gemein.“ Julika folgte Luisas Blick hinüber zu Yvonne, die gerade einigen anderen Mädchen ein paar Arm- und Beinpositionen vorführte, die sie aus ihrer ersten Ballettstunde noch behalten hatte. „Es ist ja seine Freundin, die so dummes Zeugs redet. Jonas wird schon wissen, dass du ihn nicht gleich vergisst, nur weil er nicht mit nach Sankt Petersburg darf.“

„Sieh nur, jetzt!“ Luisa rüttelte so an Julika, als schliefe sie noch. „Wie Tim sich dazustellt und sie bewundert, und zwei andere Jungs auch noch! Dabei weiß Tim ganz genau, dass wir beide besser tanzen als sie. Schließlich sind wir schon viel länger beim Ballett.“

„Sag mal, bist du eifersüchtig?“, fragte Julika. „Komm, gehen wir auch zu ihr. Jetzt ist sie nun mal in unserer Ballettgruppe, da müssen wir ihr auch helfen. Wenn sie schnell dazulernt, können wir alle eher mit dem Spitzentanz anfangen.“

Langsam spazierten sie hinüber zu der kleinen Gruppe, die sich um Yvonne geschart hatte. Noch immer versuchte diese ein paar *ports de bras* nach vorn, einige *arabesques* und *changements*. Doch plötzlich trauten Luisa und Julika ihren Augen nicht: Yvonne spannte ihre Wadenmuskeln an und hob sich auf die Zehenspitzen! Und das, nachdem sie erst ein einziges Mal beim Ballett gewesen war! Besonders Luisa wurde rot vor Zorn. Was bildete Yvonne sich ein?

„Auf deinen dicken Plateausohlen ist das kein Kunststück, Yvonne“, erwiderte Julika, und augenblicklich begann Yvonne zu straucheln und landete schnell wieder auf ihren Füßen. „Aber warte lieber auch, bis Véronique dir grünes Licht für den Spitzentanz gibt. Selbst das größte Naturtalent muss eine ganze Weile auf halber Spitze tanzen.“

Nun war es Yvonne, die vor Verlegenheit rot wurde. Julika stellte sich neben ihr in der 1. Position auf und tanzte ihr gekonnt und leichtfüßig die Schrittfolgen vor, die sie und Luisa zuvor bei ihr beobachtet hatten. Dann ermutigte sie Yvonne, es gemeinsam mit ihr noch einmal zu versuchen. Immer größer wurde der Kreis der Schüler, die sich nun um die beiden tanzenden Mädchen scharten. Als Yvonne und Julika ihre Übungen beendeten, indem sie fast gleichzeitig in der ersten Position ankamen, begannen einige zu klatschen und zu pfeifen.

„Deine Freundin ist klasse“, raunte Tim leise in Luisas Ohr. „Die hat das Tanzen total drauf. Echt.“

„Sei bloß still, du Spinner“, sagte Luisa lachend, „bei Julika hast du keine Chance. Die bleibt bestimmt ihrem Sascha treu, auch wenn er noch so weit weg wohnt.“

„Ist ja gut“, brummte Tim und legte Luisa schnell einen Finger auf die Lippen. „Denk doch nicht gleich, dass ich was von ihr will. Wie, findest du, macht sich Yvonne?“

„Das dauert.“ Luisa lachte noch immer. „Ich habe Wochen gebraucht, bis ich nicht mehr das Gefühl hatte, meine Beine würden sich ständig verknoten und meine Arme wären nach der Ballettstunde aus Gummi. Warum sollte das bei ihr anders sein?“ Als sie erkannte, dass Tim etwas unglücklich dreinschaute, schob sie mit einer versöhnlichen Geste ihren Arm in seinen. „Jetzt reg' dich mal ab,

Tim. Streng lieber mal deinen Grips an und verrat uns einen Trick, wie wir es anstellen sollen, dass Jonas und Vanessa mit nach Russland kommen können. Wenn die beiden wirklich nicht dürfen, werde ich verrückt."

Tim runzelte die Stirn, während Julika und Yvonne sich wieder zu ihm und Luisa gesellten.

„Da wird sich doch was dran drehen lassen", sagte er plötzlich mit einer Entschlossenheit, die die Mädchen aufhorchen ließ. „Kommt am besten heute Nachmittag zu mir, dann weiß ich mehr. Euer Jonas und sein Zwilling müssen aber dabei sein. Sagen wir, um vier?"

Als Luisa, Jonas, Vanessa und Julika schweigend durch das schmiedeeiserne Gartentor traten, das zum Grundstück von Tims Eltern führte, wurde den beiden Freundinnen beinahe etwas schwer ums Herz. Es erschien ihnen erst wie gestern, dass sie hier mit der ganzen Ballettgruppe und allen Freunden eine große Abschiedsparty für ihren russischen Freund Sascha veranstaltet hatten. Monatelang war er der heimliche Star der Ballettgruppe bei Véronique gewesen und nicht nur für Julika ein guter Freund geworden. Dann hatten Saschas Eltern überraschend angekündigt, sie wollten so schnell wie möglich in ihre Heimat Sankt Petersburg zurückkehren, was alle in heftigen Trennungsschmerz gestürzt hatte. Doch an jenem Abend in diesem schönen Garten hatten alle noch einmal ausgelassen zusammen gefeiert; sogar Véronique, ihr Ehemann Alexander und Saschas Eltern waren gekommen. Als einige Wochen darauf bei Véronique und Saschas Ballettlehrerin in Russland die Idee einer gemeinsamen Ballettaufführung heranreifte und schließlich auch umgesetzt wurde, war die Entfernung zu Sascha plötzlich nur noch halb so schlimm.

„Und genau deshalb *muss* Jonas einfach mitkommen“, bekräftigte Luisa erneut, während sie an dem noch abgedeckten Swimmingpool, der zum Grundstück gehörte, vorbei zum Haus ging. Hier hatten die Freunde noch zu später Stunde übermütig gebadet und sogar ein kleines „Wasserballett“ improvisiert. „Er mag doch Sascha auch so gern. Mit den Eltern können er und Vanessa immer verreisen. Aber wie oft können wir Sascha treffen? Höchstens einmal im Jahr!“

Als hätte Tim bereits gewartet und Luisas Worte gehört, öffnete er plötzlich die Haustür und stand vor ihnen. Luisa schluckte kurz, als sie Yvonne schon wieder hinter ihm im Flur stehen sah, fand sich jedoch schnell damit ab. Gemeinsam gingen sie in Tims Zimmer und setzten sich auf die Matratze am Boden. Aus seiner Stereoanlage klangen die neuesten Hits. Tim drehte sie etwas leiser. Dann wandte er sich ohne Umschweife an Jonas und Vanessa.

„Sagt mal, ihr beiden“, er nahm einen tiefen Schluck aus seinem Colaglas und bedeutete den anderen mit einer lässigen Handbewegung, sich ebenfalls etwas einzuschenken, „wo genau liegt eigentlich das Problem? Seid ihr noch Babys, oder weshalb bestehen eure Eltern darauf, dass ihr mit ihnen in Urlaub fahrt statt mit der Ballettgruppe nach Petersburg?“

„Quatsch. Aber das ist doch alles schon gebucht und bezahlt. Unsere Eltern flippen aus, wenn wir jetzt sagen, macht das mal alles wieder rückgängig, Ballett ist wichtiger.“

„Wer redet denn davon, das rückgängig zu machen?“ In Tims Stimme schwang ein ungeduldiger Ton mit. „Meine

Güte, ihr seid zwölf Jahre alt, nicht wahr? Da könnt ihr doch wirklich schon mal ohne eure alten Herrschaften verreisen! Mit der Ballettgruppe, das heißt doch, ihr werdet abgeholt, kommt in Gastfamilien unter – genau wie letztes Jahr die russischen Tänzer auch! Was soll denn daran so schlimm sein?"

„Na ja, schlimm ist eigentlich nichts." Jonas spielte an seiner Armbanduhr herum. „Wir haben so was bloß noch nie gemacht. Ein bisschen Bammel davor habe ich schon."

„Bammel davor, ohne Mami und Papi zu verreisen?" Tim verdrehte die Augen und schüttelte den Kopf. „Dann ist euch nicht zu helfen. Dann war das alles hier eine reine Zeitverschwendung. Vergesst aber nicht, euren Schnuller mit in den Koffer zu packen."

„Du bist gemein, Tim", warf Luisa ein. „Es sind eben nicht alle Eltern so locker drauf wie deine."

Julika nickte zustimmend, Vanessa drehte eine ihrer langen Locken um den Zeigefinger und sah nachdenklich aus. Nur Yvonne verzog keine Miene.

„Bloß sie dazu zu überreden, darin haben Vanessa und ich noch nicht so viel Übung." Auch Jonas klang etwas säuerlich.

Tim stand auf und begann im Zimmer auf und ab zu gehen. „Meint ihr nicht, dass die beiden vielleicht sogar froh sind, mal Urlaub von euch zu machen? Die waren doch nicht mehr alleine weg, seitdem ihr noch in den Windeln lagt! Meine Eltern jetten sogar zweimal im Jahr irgendwohin, wo sie ungestört sein wollen."

„Hört, hört." Luisa warf mit einer Papierkugel nach ihm, die sie auf dem Boden gefunden hatte. „Der Experte spricht. Ich dachte wirklich, dir fällt was Spannenderes ein,

Tim. Irgendein Trick, zum Beispiel dass du die Eltern im Namen des Reisebüros anrufst und ihnen mitteilst, dass der Urlaub auf Gran Canaria *leider* storniert werden musste. Hotel abgebrannt, Meer vergiftet oder so. Das wäre doch was!"

„Gar nicht mal schlecht, die Idee!" Julika lachte. „Wir rufen an und sagen, der Urlaub musste umgebucht werden zu einer Städtetour nach Sankt Petersburg! Vanessa, wie lautet eure Telefonnummer?"

„Sag ich nicht." Auch Vanessa lachte, winkte aber ab. „Das glauben die nie. Schon gar nicht, wenn Luisa am Telefon so gackert wie jetzt."

„Dann bleibt nur noch eine Möglichkeit." Tim griff nach seinen Sneakers, die in der Ecke standen, und scheuchte seine Freunde von der Matratze hoch. „Wir rücken jetzt alle bei euch zu Hause an und erzählen, was Sache ist. Oder wollt ihr wirklich lieber am Strand buddeln als beim Fotoroman mitmachen?"

„Und? Was haben sie gesagt?" Luisa stürmte auf die Zwillinge zu, als hätte sie sie seit Monaten nicht mehr gesehen. Tatsächlich hatten Jonas und Vanessa gemeinsam mit Luisa, Julika, Tim und Yvonne ihren Eltern von der geplanten Reise nach Russland erzählt und gebeten, mitfahren zu dürfen. Dabei hatten sie besonders betont, wie wichtig ihnen das Ballett und der Kontakt zu den Freunden in Sankt Petersburg seien. Außerdem, so versprachen die Geschwister, würden sie beim nächsten Mal bestimmt wieder mit den Eltern verreisen. Ruhig und aufmerksam hatten die Mutter und der Vater ihren Kindern zugehört. Bevor sie eine endgültige Entscheidung trafen, hatten sie allerdings verlangt, mit Jonas und Vanessa noch ein paar Dinge allein besprechen zu können. Widerspruchslos hatten die Freunde der beiden das Wohnzimmer verlassen.

„Es sieht nicht schlecht aus." Jonas grinste breit, so erleichtert hatte Luisa ihn lange nicht gesehen. „Mein Vater will tatsächlich versuchen, für uns alle die Reise umzubuchen. Sankt Petersburg wollte er auch schon immer mal sehen, meinte er."

„Er war richtig neidisch auf uns", lachte Vanessa. „Das soll eine ganz tolle Stadt sein."

„Und wenn das Reisebüro nicht mitspielt?", gab Yvonne zu bedenken. „Was machen sie dann?"

Jonas lächelte und hob die Schultern. „Keine Ahnung. Wir haben's jedenfalls versucht."

5. Zerstritten!

„Luisa!" Julika kam aus der Ballettschule auf die Straße gestürmt. Es war Montag, der Wochentag, an dem sie immer in ihrer zweiten Ballettgruppe tanzte, die nur aus den sechs begabtesten Mädchen des ganzen Hauses bestand. Luisa stand draußen und wollte ihre Freundin abholen, um nach der Ballettstunde mit ihr gemeinsam zum Imbissstand Pommes essen zu gehen. „Luisa, ich habe es geschafft! Ich darf!"

„Du darfst?“ Auch Luisa strahlte über das ganze Gesicht. Sie nahm Julika bei den Händen und wirbelte mit ihr im Kreis herum. „Das ist ja Wahnsinn! Dann ist unsere Gruppe ja bald komplett für Sankt Petersburg! Komm mit, das müssen wir feiern. Heute nehmen wir Pommes mit Ketchup *und* Mayo und eine extra große Limo!“ Ohne die Hand ihrer besten Freundin loszulassen, begann sie zu laufen und konnte nicht mehr aufhören zu lachen. Die ganze Welt sah in ihren Augen rosarot aus, oder hellblau, nein sonnengelb, denn am Tag zuvor hatten ihre eigenen Eltern ebenfalls der Ballettreise nach Russland zugestimmt.

Erst mehrere hundert Meter weiter begannen die Mädchen zu japsen und liefen langsamer. Luisa dachte daran, dass sie noch nie eine so gute Kondition gehabt hatte wie jetzt. Der Ballettunterricht, aber auch die anderen Aktivitäten mit ihren Freunden zeigten Wirkung. Mit einem Lächeln fächelte sie sich Luft zu. Ihre langen blonden Haare waren schweißnass und klebten an ihrem Hals. Dann sah sie Julika erwartungsvoll an und stutzte.

„Was ist?“, fragte sie, „Du lachst ja gar nicht mehr. Habe ich was Falsches gesagt?“

Julika wich ihrem Blick aus. „Gesagt nicht“, murmelte sie und versuchte ein Lächeln. „Nur falsch verstanden. Lag aber wahrscheinlich an mir. Als ich gesagt habe, ‚ich darf‘, meinte ich nicht die Reise. Mitfahren darf ich sowieso. Eigentlich wollte ich dich gestern Abend deswegen noch anrufen, aber dann haben wir Besuch bekommen und es ging nicht mehr.“

„Du machst es aber spannend.“ Luisa trat ungeduldig von einem Fuß auf den anderen. „Wollen wir uns erstmal Pommes holen, damit du mich noch etwas länger auf die Folter spannen kannst, oder redest du jetzt mal Klartext?"

„Ich stimme für Pommes." Julika hakte sich bei Luisa unter, steuerte zielstrebig die Imbissbude an und tastete bereits in ihrer Jackentasche nach dem Portemonnaie. „Nach der Montagsgruppe habe ich immer wahnsinnigen Kohldampf."

Kurz darauf schoben die Freundinnen sich genussvoll die knusprigen heißen Kartoffelstäbchen in den Mund und löschten ihren Durst mit erfrischender Zitronenlimo. Auch Luisa war hungrig. Einen Augenblick lang dachte sie an frühere Zeiten zurück, als sie von anderen Kindern, insbesondere von Tim, oft wegen ihrer etwas molligen Figur gehänselt wurde. Zum Glück ließ sie sich so etwas nicht mehr gefallen, seitdem sie Ballettstunden nahm, und schon bald hatten die anderen das Interesse daran, sie aufzuziehen, verloren. Genüsslich stippte Luisa ein Stück Pommes in die Mayonnaise und biss hinein.

„Nun verrat' mir doch endlich, was du so Tolles darfst", bat sie Julika erneut, als beide ihre Pappteller halb leer gegessen hatten.

Über Julikas Gesicht huschte ein Strahlen, dann jedoch wurde sie gleich wieder ernst. In diesem Moment wusste Luisa es. Es gab nicht den geringsten Zweifel.

„Du darfst auf der Spitze tanzen", sagte sie mit tonloser Stimme. „Gib es zu, Julika. Véronique hat es dir heute erlaubt."

Julika nickte. „Es wurde aber auch verdammt Zeit", meinte sie, obwohl ihre Stimme ein wenig zitterte. „Du weißt ja – alle anderen in meiner Gruppe machen das schon länger. Nur ich als Küken warte schon eine Ewigkeit darauf."

„Na, herzlichen Glückwunsch." Luisa hörte auf zu essen und blickte an Julika vorbei. „Hast du eigentlich mal eine Minute daran gedacht, dass wir beide doch zusammen anfangen wollten?"

„Logisch habe ich das." Auch Julika legte ihre kleine Plastikgabel in den Teller und kaute statt auf Pommes Frites auf ihrer Unterlippe herum. „Aber was hätte ich denn tun sollen, wenn Véronique höchstpersönlich ankommt und mir vorschlägt, bis zum nächsten Montag Spitzenschuhe zu besorgen? Hätte ich das ablehnen sollen, nur wegen dir? Du weißt doch genau, wie sehr wir uns das alle wünschen!"

„Ja, eben! Wir alle wünschen uns das! Und Véronique hat gesagt, unsere Gruppe fängt gemeinsam an!"

„Aber ich bin nun mal nicht nur in deiner Gruppe!" Julika stampfte mit dem Fuß auf und schleuderte Luisa einen wütenden Blick zu. „Kapier das doch endlich mal, Mensch! Es hat schon gereicht, dass du mich letztes Jahr davon abhalten wolltest, bei den Fortgeschrittenen mitzumachen. Aber das hier ist echt der Hammer! Geh lieber auch zweimal in der Woche zum Ballett, statt hier nur herumzuzicken. Dann bist du auch eines Tages so weit!"

Luisa starrte ihre beste Freundin mit weit aufgerissenen Augen und offenem Mund an. So hatte sie sie noch nie erlebt. Was bildet die sich eigentlich ein, dachte Luisa, will sie jetzt der Star bei uns sein und womöglich in Sankt Petersburg als Einzige auf der Spitze tanzen, immer in der ersten Reihe, während wir anderen als *corps de ballet* langweilige *pliés* machen sollen?

„Dann renn doch los und kauf dir Spitzenschuhe", fauchte Luisa zurück, „von mir aus kannst du auch meine haben. Die Anschaffung war sowieso umsonst. Komm mit, dann gebe ich sie dir gleich, damit du am Donnerstag schön vor allen anderen angeben kannst!"

„Ich denke nicht daran!", brüllte Julika. „Da waren schließlich deine Stinkefüße schon mal drin! Ich will mir doch keinen Fußpilz holen!"

„Jetzt reicht's aber! Als ob deine Füße nicht stinken würden! Du bist die blödeste Pute, die mir je über den Weg gelaufen ist!" Luisa fegte mit einer heftigen Armbewegung ihren halb leer gegessenen Pommesteller von dem Tresen der Imbissbude. Die Kartoffelstäbchen flogen durch die Gegend, manche fielen zu Boden, einer traf Julika an der Wange, dann landeten zwei Pommes mitsamt Ketchup mitten auf der Vorderseite ihrer neuen weißen Windjacke.

Jetzt reichte es Julika. „Das wirst du mir büßen", zischte sie, „wenn der Fleck nicht mehr rausgeht, kannst du was erleben! Und die Reinigung kannst du sowieso bezahlen!" Mit Tränen in den Augen drehte sie sich um und rannte davon.

„Na sag mal, Mädchen, hat das denn unbedingt sein müssen?" Die Imbissverkäuferin kam aus ihrem Wagen und wischte mit einem nassen Lappen den Tresen ab. Dann fegte sie die heruntergefallenen Pommes auf und warf das Pappgeschirr in den Mülleimer. „So was kann man doch auch friedlich regeln, kann man das."

Luisa antwortete nicht. Sie schob ihre Hände in die Jackentaschen und ging mit gesenktem Kopf nach Hause.

Noch ehe Luisa am nächsten Morgen richtig wach war, fühlte sie einen eigenartigen, ziehenden Schmerz in der Magengegend, der ihr sagte, dass irgendetwas Schlimmes geschehen war, etwas sehr Unangenehmes, das nicht so leicht aus der Welt geschafft werden konnte. Ohne die Augen zu öffnen, blieb sie noch eine Weile im Bett liegen, und mit einem Schlag war die Erinnerung wieder da.

Sie war zum ersten Mal mit Julika zerstritten, ausgerechnet mit ihrer allerbesten Freundin, und der Streit war so schlimm gewesen, dass es bestimmt ewig dauern würde, bis sie sich wieder miteinander vertragen würden. Und das ausgerechnet jetzt, wo doch die ganze Balletttruppe für Sankt Petersburg trainierte, für die Fotoaufnahmen und vielleicht auch wieder für einen gemeinsamen Auftritt dort! Ein dicker Kloß breitete sich in ihrem Hals aus, und am liebsten hätte sie sich die Decke über den Kopf gezogen und wäre gar nicht erst aufgestanden. Auch in der Schule würde sie Julika sehen, zumindest von weitem.

„Nimm dir das doch nicht so zu Herzen", meinte Luisas Mutter, als die ganze Familie am Frühstückstisch saß und Luisa nach nur einem Bissen ihr Marmeladentoast hinlegte und den Teller fortschob. Auch ihren Zitronentee hatte sie nicht angerührt. „Dass Freundinnen sich gelegentlich streiten, ist doch ganz normal! Ich habe mich sowieso schon gewundert, dass das bei euch beiden nicht schon längst mal passiert ist. Ich habe sogar befürchtet, dass du dich der Julika vielleicht zu sehr anpasst. Sie weiß ja sehr genau, was sie will."

Jetzt fing Luisa an zu weinen. „Sie war so gemein", schluchzte sie, „nur weil sie besser Ballett tanzt als ich! Als ich meine Spitzenschuhe mitgebracht habe, hat sie es mir gleich ausgeredet, zusammen mit Véronique. Aber sie! Sie darf alles, sogar ohne uns mit dem Spitzentanz anfangen! Und Véronique findet das bestimmt auch noch gut so!" Während sie immer lauter wurde, liefen ihr die Tränen nur so über die Wangen. Ihr knapp zwei Jahre alter Bruder Lukas, der neben Luisa in seinem Hochstuhl saß und an einem Zwieback nagte, bekam einen Schreck und begann ebenfalls zu weinen. Luisas Vater hob ihn hoch, tröstete ihn und trug ihn hinaus. Die Mutter schob ihren Stuhl dichter an Luisa heran.

„Ich verstehe dich ja, mein Mädchen", sagte sie und legte ihren Arm um Luisas Schultern, während sie mit der anderen Hand nach einer Serviette griff, um sie ihrer Tochter statt einem Taschentuch zu reichen. „Aber du weißt doch nicht erst seit heute, dass Julika beim Tanzen einfach schon weiter ist als du. Das ist doch kein Drama. Sie ist schon länger dabei und hat außerdem eine außergewöhnliche Begabung fürs Ballett. Dafür bist du viel weiter als diese Yvonne, und hinter den anderen in der Gruppe hinkst du doch schon lange nicht mehr hinterher."

„Yvonne! Die ist gerade mal seit drei Wochen dabei. Finde ich wahnsinnig schmeichelhaft, dass du mich mit ihr vergleichst."

„Dann hast du mir nicht richtig zugehört, Luisa." Die Mutter stand auf, räumte das Frühstücksgeschirr zusammen und warf einen Blick ins Wohnzimmer, um sich zu vergewissern, dass wenigstens Luki sich wieder beruhigt hatte. „Ich nehme an, du hast dich auch nicht fair verhalten. Die Geschichte mit Julikas Jacke ist jedenfalls nicht gerade erfreulich. Da hättest du dich etwas besser im Griff haben können."

„Ja, natürlich." Luisa stand ebenfalls auf und schob mit einem solchen Ruck ihren Stuhl zurück, dass er bedenklich schwankte. „Julika kann auf mir herumhacken, so viel sie will. Nur bei mir ist alles falsch, was ich mache. Ich darf mich nicht mal wehren."

„Vielleicht gehst du dir jetzt lieber die Zähne putzen, statt dich noch länger selbst zu bemitleiden", beendete die Mutter das Gespräch. „Deine Laune wird bestimmt nicht besser, wenn du auch noch zu spät zur Schule kommst."

„Ist ja gut." Luisa verdrehte die Augen und wandte ihrer Mutter den Rücken zu. „Du bist mich ja gleich los."

In ihrem Zimmer setzte sie sich noch einmal aufs Bett und atmete tief durch, um nicht schon wieder loszuheulen. Dann griff sie nach ihrem Lieblingskuscheltier, einer kleinen Stoffkatze, die ihr Jonas im letzten Herbst auf dem Flohmarkt geschenkt hatte. Damals hatte die ganze Ballettgruppe einen Stand gemietet und Sachen verkauft, um zu den Reisekosten der russischen Ballettgruppe etwas beizutragen. Wie harmonisch damals alles noch gewesen war, und wie unkompliziert! Hatte das Streben nach dem Spitzentanz alles verdorben?

„Wenigstens habe ich noch Jonas", dachte Luisa seufzend und legte die Stoffkatze ganz unten in ihre Schultasche. „Zumindest, so lange er nichts von meinem Streit mit Julika weiß. Womöglich findet er mich dann auch total bescheuert."

Dann machte sie sich auf den Weg zur Schule.

In der großen Pause bemühte sich Luisa, nicht wie sonst nach Julika Ausschau zu halten. Sie blieb im Klassenraum und verglich mit Tini und Marion ihre Hausaufgaben, bis die Deutschlehrerin sie mit energischen Worten auf den Hof schickte. Dort versuchte sie noch ein paar Minuten lang, sich auf eine Unterhaltung mit den beiden zu konzentrieren, doch schließlich entdeckte sie Tim und Yvonne am anderen Ende des Schulhofes unter einer hohen Kastanie und gesellte sich zu ihnen.

„Ich kann es kaum erwarten, bis es endlich so weit ist und wir nach Sankt Petersburg fahren“, begann Yvonne zu schwärmen, kaum dass Luisa sie begrüßt hatte. „Geht es dir auch so?“

Das Beste wäre, ihr würdet ohne mich fahren, dachte Luisa düster. Aber da sie dies nicht sagen wollte, erwähnte sie nur, wie sehr sie sich auf Wera, Sascha und sogar auf die russische Ballettlehrerin Frau Romanowa freute. Tim und Yvonne nickten.

„Und was machen deine Fortschritte in Sachen Spitzentanz?“, fragte Tim. „Glaubst du, du wirst es bis dahin geschafft haben?“

Luisa fühlte einen Stich in der Magengegend. Aus den Augenwinkeln sah sie, wie Julika eingehakt mit zwei Mädchen aus ihrer Klasse auf sie zu spazierte. Plötzlich schien auch sie Luisa zu bemerken und lenkte ihre Freundinnen schnell in eine andere Richtung. Luisa schluckte und kämpfte mit den Tränen.

„Tu doch nicht immer so, als ob dieser Spitzentanz das Wichtigste auf der Welt wäre, Tim“, rief Yvonne. „Ständig nervst du mich damit, und nur wegen dieser Fotos. In Schläppchen zu tanzen sieht doch auch gut aus! Ich finde, das ist schon schwer genug.“

Überrascht wandte Luisa den Kopf zu ihr herum und sah sie an. „Genau“, stieß sie hervor, „finde ich auch.“

Yvonne grinste von einem Ohr zum anderen, ließ eine Kaugummiblase platzen und hielt die geöffnete Packung Luisa hin. Peppermint extra scharf.

Jetzt grinste auch Luisa. „Wie machst du die eigentlich, diese großen Blasen?“, fragte sie. „Ich kriege die nie hin, so sehr ich es auch versuche.“

„Und ich kriege kein *changement de pieds* hin“, sagte Yvonne in das Klingeln zum Pausenende hinein. „Treffen wir uns am Donnerstag eine Stunde vor dem Ballett? Dann können wir beides üben.“

6. Neue Herausforderungen

Trotz der Verabredung mit Yvonne sah Luisa der darauf folgenden Ballettstunde mit ängstlichem Herzklopfen entgegen. Als sie den Umkleideraum betrat, stellte sie beinahe erleichtert fest, dass Julika noch nicht da war, und begann sich rasch umzuziehen. Ihre Finger zitterten, während sie versuchte, ihre Ballettstrumpfhose mit den Händen zu glätten und vorsichtig über ihre Beine zu ziehen, und als sie sich schließlich ihre Schläppchen anzog, beugte sie sich viel tiefer hinunter, als es nötig gewesen wäre, nur damit sie nicht, falls Julika gerade jetzt hereinkommen sollte, ihr in die Augen schauen musste. Zum Schluss fasste sie noch rasch ihre Haare am Hinterkopf zusammen und band sie zu einem Dutt hoch. Yvonne war im selben Augenblick fertig. Ein paar Mädchen waren schon in den Ballettsaal gegangen, Luisa hörte durch die angelehnte Tür Véroniques Stimme. Ob die Lehrerin merken würde, was los war? Seufzend erhob sich Luisa von ihrer Bank, um zusammen mit Yvonne ebenfalls in den Saal zu gehen. Doch plötzlich stand Julika vor ihr. Beide Mädchen rissen ihre Augen entsetzt auf, als ob sie nicht damit gerechnet hätten, einander zu treffen.

Julika fing sich als Erste. „Hallo", sagte sie leise, wandte ihr Gesicht zur Seite und zwängte sich mit einem kaum sichtbaren Lächeln an Luisa vorbei, ohne sie noch einmal anzusehen. Luisa überlegte, ob sie etwas sagen sollte, doch Yvonne tippte sanft mit dem Finger auf ihren Arm, um sie zum Weitergehen zu bewegen. Schweigend folgte ihr Luisa.

„Ich habe gute Neuigkeiten für euch", verkündete Véronique nach den Aufwärmübungen am Boden und an der Stange. „Frau Romanowa hat mir geschrieben. Wenn es nach ihr ginge, steht unserer Reise nach Sankt Petersburg nichts mehr im Wege. Auch Sascha und seine Ballettgruppe würden sich freuen, euch nun auch einmal in ihrer Heimat begrüßen zu dürfen. Dass wir noch dazu alle zusammen in einem Fotoroman mitspielen dürfen, konnten sie gar nicht glauben. Jeder von ihnen möchte danach unbedingt ein Exemplar dieser Ballettzeitschrift haben! Auch wenn wahrscheinlich nur Sascha den ganzen Text richtig lesen kann."

Jonas, Vanessa, Sandra, Alina, Christian, Conni und Nicole begannen zu jubeln. Yvonne lächelte still in sich hinein. Viel schneller als sonst jedoch ebbte das Freudengeheul der Jungen und Mädchen wieder ab. Jonas sah sich verwirrt im Ballettsaal um, als suche er jemanden. Auch Véronique stutzte und überlegte einen Augenblick lang. Dann schien ihr etwas aufzufallen.

„Luisa, Julika", rief sie erstaunt, „was ist mit euch? Freut ihr euch nicht, oder wisst ihr vor lauter Glück weder ein noch aus und seid jetzt sprachlos?"

Auch die anderen Schüler und Schülerinnen sahen Luisa und Julika neugierig an. Erst jetzt fiel ihnen auf, dass die beiden Freundinnen so weit voneinander entfernt saßen, wie es nur möglich war. Das hatte es noch nie gegeben, seitdem Luisa den Ballettsaal zum ersten Mal betreten hatte. Jonas bemerkte, dass Tränen in Luisas Augen glitzerten und setzte sich rasch neben sie. Vorsichtig legte er einen Arm um ihre Schultern.

„Können wir jetzt mal anfangen zu tanzen?", fragte Julika und griff nach ihren Spitzenschuhen. „Ich will nicht völlig untrainiert nach Sankt Petersburg fahren."

„Die Spitzenschuhe nimmst du aber erst später", sagte Véronique lächelnd. „Es ist ja heute erst dein zweites Mal, Julika. Am Anfang muss man sich erst langsam an die Spitzenschuhe gewöhnen und benutzt sie nur die letzte Viertelstunde."

Julika gehorchte wortlos. Véronique legte eine langsame, etwas getragene Geigenmusik ein und wies die Jungen und Mädchen an, sich in einer Ecke des Ballettsaals jeweils zu zweit aufzustellen. „Ich zeige euch jetzt, wie man ein *adagio* tanzt", begann sie, „das sind langsame, gleitende Bewegungen, wie sie oft verwendet werden, um in einem Ballett Szenen der Traurigkeit oder Nachdenklichkeit umzusetzen. Ich mache es euch zu dieser Musik einmal vor; achtet dabei bitte genau auf meine Arme und Beine."

Die Lehrerin wartete den günstigsten Moment für ihren Einsatz ab, dann begann sie zu tanzen. Bewundernd verfolgte Luisa ihr elegantes *Port de bras* und die Leichtigkeit, mit der sie ihre Füße unhörbar über den Boden schleifen ließ. Mit ihrem Blick folgte Véronique den Bewegungen ihrer Hände, was die Ausdruckskraft ihres Tanzes noch verstärkte. Dabei erklärte sie den Schülern die einzelnen Schritte.

„Jetzt ihr", forderte sie ihre Ballettgruppe auf, nachdem sie die Übung zweimal vorgeführt hatte, „denkt daran, dass das Führen der Arme und Beine zusammen passen muss. Nur dann wird euer Tanz harmonisch wirken!"

Luisa war froh, dass sie noch immer neben Jonas stand, so war wenigstens gleich klar, mit wem sie tanzen würde. Alina und Christian waren die Ersten und machten ihre Sache schon recht gut, ebenso Nicole und Conni sowie Julika.

Die Nächsten waren Luisa und Jonas. Luisa versuchte, sich ganz auf ihren Tanz zu konzentrieren und darauf zu achten, dass ihre Schritte mit denen von Jonas übereinstimmten. Aufmunternd blickte Jonas sie an. Dennoch spürte Luisa die ganze Zeit Julikas Blicke im Rücken und bekam eine Gänsehaut. Sie atmete tief durch, als sie in der schräg gegenüberliegenden Ecke des Ballettsaals angekommen war.

„Das war sehr schön, Luisa, und bei dir auch, Jonas", lobte Véronique. „Luisa, in den letzten Wochen hast du deine Beinarbeit sehr verbessern können. Und nun noch Julika und Vanessa."

Luisa biss sich auf die Lippen, als sie Julika bei ihrem *adagio* zusah. Genau gleichzeitig mit Vanessa setzte sie ihre Fußspitzen auf und schaffte die Übung fehlerlos. Trotzdem sah es nicht so aus wie immer, dachte Luisa und versuchte ganz kurz, Julikas Blick einzufangen, als diese dicht an ihr vorbeiging, um sich wieder in die Gruppe einzureihen. Sonst lächelte Julika fast immer beim Tanzen, weil es ihr so viel Spaß macht, manchmal sogar bei den schwierigsten Schritten. Heute wirkte sie wie ein Fisch. Auch jetzt sah Julika haarscharf an Luisa vorbei und presste die Lippen zusammen. Die ganze Situation war so verfahren.

Als die Ballettstunde sich dem Ende näherte, forderte Véronique Julika auf, ihre Spitzenschuhe anzuziehen. „Wir machen jetzt noch einmal die gleichen Übungen an der Stange wie zu Beginn der Stunde“, sagte sie. „Ihr seid ja alle so heiß darauf, möglichst bald in Spitzenschuhen tanzen zu dürfen wie unsere Julika, die als Letzte in ihrer Fortgeschrittenengruppe nun auch damit angefangen hat. Deshalb ist es nicht schlecht, zum Abschluss noch einmal Kräftigungsübungen zu machen, um die Muskeln, die dafür wichtig sind, zu trainieren. Julika, du machst genau dasselbe wie alle anderen. Nur immer *sur le point* statt auf halber Spitze.“

Julika nickte und setzte sich auf den Boden, um ihre Schläppchen endlich gegen die Spitzenschuhe auszutauschen. Verstohlen beobachtete Luisa, wie geschickt sie bereits die langen, glatten Satinbänder um ihre Knöchel legte, fachgerecht knotete und die Enden umschlug. Erneut verteilten sich die Mädchen und Jungen an der Stange. Ähnlich wie zu Beginn der Ballettstunde übten sie *pliés*, *developpés* und *rondes de jambes* sowie weitere Übungen aus den verschiedenen Positionen.

Besonders die Mädchen schauten dabei immer wieder auf Julika; auch Luisa konnte ihren Blick kaum von ihr abwenden, so sehr sie es auch versuchte. Was mochte es für ein Gefühl sein, sich beim *relevé* auf die ganze Spitze zu erheben, sondern nur auf den beiden großen Zehen zu stehen und das ganze Körpergewicht anders zu verlagern? Tat es weh? Fühlte man sich größer, erhabener? Oder war es am Ende sogar leichter als der Tanz auf halber Spitze, weil die festen Kappen im Inneren des Spitzenschuhs doch gewiss Halt gaben?

So viele Fragen schossen ihr durch den Kopf, die Luisa ihrer besten Freundin nach der Ballettstunde gern gestellt hätte. Nur wegen dieses blöden Streits ging das nicht. Bestimmt würde Julika mir mit keiner Silbe antworten, dachte Luisa, sondern nur an mir vorbeistolzieren und ihre Nase so hoch tragen, dass es reinregnet.

Zum Abschluss der Stunde ließ Véronique die Ballettschüler noch *Pirouetten* in der Saalmitte üben. „Die machst du bitte auch auf halber Spitze, Julika." Sie nickte dem begabten Mädchen zu. „Alles zu seiner Zeit. Man darf es am Anfang nicht gleich übertreiben."

Julika gehorchte. In Spitzenschuhen die Drehungen nur auf den Zehen auszuführen, schien nicht leicht zu sein, zumindest hatte Luisa den Eindruck, dass Julikas Bewegungen durch die härtere Sohle etwas steifer wirkten als sonst. Außerdem bemerkte sie Schweißperlen auf Julikas Stirn und Oberlippe. Waren die zehn Minuten Spitzentanz schon so anstrengend gewesen?

„Okay, meine Lieben. Das war's für heute", verkündete Véronique nach Luisas letzter Pirouette. „Wenn jetzt jeder von euch von den Eltern die Erlaubnis für unsere gemeinsame Reise bekommen hat, kann ich noch in dieser Woche die Fahrscheine kaufen. Das wäre dann so weit geklärt."

„Improvisieren wir heute nicht?", fragte Jonas, der am freien Tanzen während der letzten Monate beinahe ebenso viel Spaß entwickelt hatte wie seine Freundin Luisa. Auch Nicole, Vanessa und Conni blickten ihre Lehrerin enttäuscht an.

„Das ist noch ein Punkt, den ich mit euch besprechen möchte." Véronique stellte die Musik ab und lehnte sich gegen die Wand. „Jetzt wo ihr größer werdet und auch eure Ansprüche an euch selbst wachsen – das Bestreben, möglichst bald auf der Spitze zu tanzen, ist nur ein Beispiel dafür – müssen wir auch in unseren Ballettstunden mehr ‚ackern', also richtig arbeiten. Das Improvisieren ist zwar wichtig, damit sich eure Fantasie entwickelt und ihr lernt, euch in verschiedene Szenen und Rollen einzufühlen. Insgesamt ist es aber etwas eher Spielerisches." Sie machte eine Pause und blickte prüfend in die Gesichter der Mädchen und Jungen. „Mit meinen größeren Ballettschülern, zu denen ich euch inzwischen durchaus zähle, arbeite ich deshalb meist bis zum Schluss der Stunde durch und lasse sie nur noch gelegentlich improvisieren. Der ganze Unterricht wird ernsthafter und anstrengender. Ich hoffe, ihr seid deswegen nicht traurig. Aber nur so kommt ihr weiter."

„Warum sollten wir traurig sein?" Luisa vergaß für einen Moment ihren eigenen Kummer und strahlte die Ballettlehrerin an. „Ich finde es toll! Improvisieren macht zwar Spaß, aber…" Beinahe biss sie sich auf die Zunge. Eigentlich hatte sie sagen wollen, dass sie alles tun würde, um auch endlich in ihren Spitzenschuhen tanzen zu dürfen, da aber bemerkte sie Yvonnes erstaunten Blick. Gestern erst hatte Luisa ihr zugestimmt, so wahnsinnig wichtig wäre der Spitzentanz nun auch wieder nicht.

„Ich setze sogar noch eins drauf", fuhr Véronique fort, „und behaupte, mit dem Spitzentanz kann überhaupt nur beginnen, wer mindestens zwei Mal in der Woche herkommt und Ballettunterricht nimmt. Sonst haben eure Muskeln und Gelenke kaum eine Chance, sich ausreichend zu entwickeln."

Die Mädchen wurden nachdenklich. Wo soll das alles noch hinführen, dachte Luisa, unsere Eltern sind doch alle keine Millionäre! Erst die teure Reise nach Russland, und jetzt möchte Véronique auch noch, dass wir doppelt so viele Ballettstunden nehmen? Wie stellt sie sich das vor?

„Nun schaut mich doch nicht an wie nach einem Schulzeugnis voller Fünfen." Véronique begann zu lachen. „Ich habe nämlich auch noch eine gute Nachricht für euch. Stellt euch vor, die Redaktion der Ballettzeitschrift ‚Halbe Spitze', die den Fotoroman mit uns machen will, bezahlt unsere Flugtickets! Na, was sagt ihr nun?"

Sekundenlang herrschte ungläubige Stille im Saal. Dann brach ohrenbetäubender Jubel aus. Die Ballettschüler sprangen herum und lachten, als hätten sie alle am selben Tag Geburtstag. Luisa meinte sogar, ein winziges Lächeln über Julikas Lippen huschen zu sehen, als sie – versehentlich? – in ihre Richtung blickte.

„Kneif mich mal", sagte sie dennoch sicherheitshalber zu Jonas, nachdem er mit ihr im Kreis herumgewirbelt war, bis sie beide fast umfielen, „ist das alles wirklich kein Traum?"

Jonas kniff sie und lachte.

„Au“, schrie Luisa auf, „ich denke, du kannst mich gut leiden! Das war jedenfalls echt. Vielleicht ist es bald so weit: Endlich Spitze!“

Noch im Umkleideraum redeten die Jungen und Mädchen aufgeregt durcheinander.

„Eigentlich ist es den Petersburgern gegenüber fast ungerecht“, meinte Sandra. „Wisst ihr noch, wie mühsam es für sie war, das Geld für die Reise zu uns zusammenzukratzen? Dabei war es nur eine Busreise!“

„Und Véronique braucht nur mit dem Finger zu schnippen, schon zahlt die Presse unserer ganzen Gruppe den Flug.“ Jonas raufte sich die Haare und sah trotz aller Begeisterung verwirrt aus.

„Véronique schnippt nicht mit dem Finger, du Schlaukopf“, erwiderte Christian. „Diese Presseleute wollen was von uns, nicht wir von ihnen. Sonst wären die nicht so großzügig.“

„Tim sagt, für die sind unsere Flugtickets Peanuts“, wusste Yvonne zu berichten. „Die werfen jeden Tag mit solchen Summen um sich. Beim Fernsehen ist das noch krasser.“

„Ob die auch noch mal unsere Aufführung sehen wollen, um Fotos davon zu machen?“, gab Alina laut zu bedenken. „Ich weiß gar nicht, ob ich meine Rolle noch kann. Véronique hat noch gar nichts davon mit uns geübt.“

Dies machte auch die anderen nachdenklich. Die Aufführung des Balletts „Großstadtlichter“, welches Véroniques Ehemann Alexander extra für die deutsche und russische Ballettgruppe geschrieben hatte, lag immerhin schon vier

Monate zurück. Bis zur Reise waren es kaum mehr als acht Wochen hin. Wie sollen wir das noch schaffen, überlegte Luisa, und noch dazu auf der Spitze, falls Véronique uns das tatsächlich noch beibringt?

Allmählich ebbte die aufgeregte Diskussion ab. Einer nach dem anderen verabschiedete sich und ging nach Hause. Es war ohnehin viel später geworden als sonst.

Ich muss unbedingt mit Julika sprechen, dachte Luisa. Die Zeit ist viel zu schade, um noch länger mit ihr verkracht zu sein. Schnell legte sie ihr Trikot zusammen, stopfte die Ballettschuhe ins Seitenfach ihrer Tasche und zog sich die Jacke über. Dann blickte sie sich im Umkleideraum nach ihrer Freundin um.

Doch Julika war schon weg.

7. Schlaflos wegen Julika

Es war noch dunkel draußen, doch Luisa lag seit mehr als einer Stunde wach in ihrem Bett und konnte nicht wieder einschlafen. Der große Streit mit Julika lag nun schon fast zwei Wochen zurück, und noch immer hatten sie außer einem flüchtigen „Hallo“, wenn es sich nicht vermeiden ließ, noch kein weiteres Wort mehr miteinander gesprochen. Inzwischen hatte Luisa es sich schon fast angewöhnt, die Pausen auf dem Schulhof mit Yvonne und

Tim zu verbringen. Überhaupt hatte Yvonne sich in letzter Zeit enger an Luisa angeschlossen und eiferte ihr beim Ballett regelrecht nach. Luisa war dankbar für die Ablenkung, und tatsächlich mochte sie Tims Freundin von Mal zu Mal lieber. Trotzdem war es nicht das Gleiche wie mit Julika. Immer mehr vermisste Luisa ihre allerbeste Freundin, die vertrauten Gespräche, das gemeinsame Lachen, die unzähligen Nachmittage, an denen sie miteinander teils ernsthaft, teils albern und übermütig Ballettschritte geübt hatten, die fröhlichen Aktivitäten gerade jetzt im Frühling. Mehrere Male schon hatte sie Julikas Telefonnummer gewählt, dann aber noch vor dem ersten Freizeichen rasch wieder aufgelegt. Als sie sich fragte, ob es Julika womöglich genauso erging, musste Luisa beinahe lachen.

Es ist wirklich zum Ausflippen, dachte sie und drehte sich zum hundertsten Mal vom Rücken auf den Bauch. Können Freundschaften wirklich so schnell zu Ende sein? Für immer? Zum Glück bin ich morgen Nachmittag mit Jonas verabredet, dachte Luisa schließlich gähnend und schloss nun doch noch die Augen. Vielleicht fällt wenigstens ihm etwas ein.

Jonas wartete vor der Eisdiele im Einkaufszentrum auf Luisa. Gemeinsam wollten sie durch die Geschäfte bummeln, um nach einem geeigneten Geschenk zu suchen, das sie ihren Freunden in Sankt Petersburg mitbringen könnten. Luisa würde bei Wera wohnen, die im Winter auch bei ihr zu Gast gewesen war, und Jonas' „Austausch-Ballettschüler" hieß Pjotr.

„Ich habe keinen blassen Schimmer, was ich ihm mitbringen soll", stöhnte Jonas, als Luisa am Treffpunkt angekommen war. „Damals konnten wir ja kaum ein Wort miteinander reden, weil Pjotr kein Deutsch kann und ich kein Russisch. Das war zwar irgendwie lustig, aber woher soll ich wissen, worüber er sich freut?“

„Tröste dich, mir geht es nicht besser.“ Luisa schaute in die Auslagen eines Geschenkeshops, in dem massenhaft witzige Plüschtiere, Kerzenhalter, Räucherstäbchen, Fantasy-Poster und Teegläser mit Namenszügen angeboten wurden. „Die Sachen hier sind wenigstens nicht so teuer, aber auf den Teegläsern stehen natürlich keine russischen Namen.“

„Schauen wir erstmal weiter“, meinte auch Jonas. „Hier können wir zum Schluss immer noch reingehen, falls wir nichts Besseres finden.“

Dicht nebeneinander schlenderten sie weiter. Die Sonne schien bereits recht warm auf die belebte Fußgängerzone, und die Cafés und Restaurants hatten zum ersten Mal in diesem Jahr Stühle und Tische im Freien aufgestellt. Luisa atmete tief die milde Frühlingsluft ein und fühlte sich zum ersten Mal seit Tagen wieder richtig froh. Mit Jonas hatte sie noch gar nicht richtig über den Streit mit Julika gesprochen, doch in der Ballettstunde am Donnerstag danach hatte sie gespürt, dass er trotzdem Bescheid wusste. Dankbar darüber, dass er sie weder ausfragte noch von vornherein Partei für Julika ergriff, wie ihre Mutter es getan hatte, sah sie ihn von der Seite an. Jonas bemerkte ihren Blick.

„Hast du sonst schon alles zusammen, was du für die Reise brauchst?“, fragte er schnell, weil er spürte, dass er errötete. „Meine Mutter hat gesagt, ich soll mich im Ballettladen nach einer neuen schwarzen Hose fürs Tanzen umsehen.“

„Hat sie dir Geld dafür mitgegeben?“

Jonas nickte. „Natürlich darf ich den Rest mal wieder nicht behalten, sondern soll ihr alles mit dem Kassenbon vorlegen. Können wir das erstmal erledigen? Da vorne ist schon der Laden."

Die passende Größe hatte Jonas schnell gefunden. Die Verkäuferin zeigte ihm und Luisa zwei verschiedene Modelle, von denen eines aus einem schlichten Baumwollstoff bestand wie Jonas' alte Hose, während das andere aus einem glänzenderen Material hergestellt war und eine lässigere Fußweite hatte.

„Probier einfach beide an", ermunterte die Verkäuferin ihn, „vielleicht rät deine kleine Freundin dir zu der modischeren Variante. Es ist Geschmackssache. In letzter Zeit wird die Hose aber gern gekauft."

Die einzigen beiden Umkleidekabinen waren besetzt, also sahen sich Luisa und Jonas noch etwas um. Vielleicht, so hoffte Luisa, würde sie hier ein passendes Gastgeschenk für ihre russische Freundin Wera finden. Interessiert betrachtete sie die pastellfarbenen, eleganten Haargummis und Stirnbänder aus glänzendem Pannesamt oder Satin, die zarten Ballettstrumpfhosen und rosa Schuhbeutel, die zu erschwinglichen Preisen in den Regalen lagen. Sogar kleine weiche Plüschtiere, die mit winzigen Balletttrikots und sogar Stoffschläppchen bekleidet waren, gab es hier.

„Wie findest du diesen Stift, Jonas?" Luisa hielt einen Kugelschreiber in die Höhe, bei dem in einem kleinen Fenster eine winzige Ballerina Pirouetten drehte, wann immer man den Stift bewegte. „Ob der Wera gefallen könnte?"

„Weiß nicht", meinte Jonas, der ein paar CDs mit Musik für Modern Dance entdeckt hatte und aufmerksam die Titel studierte, in der Hand noch immer die zwei Hosen. Er warf einen kurzen Blick auf den Stift. „Bisschen kitschig vielleicht, meinst du nicht?"

„Aber in Russland gibt es so was bestimmt gar nicht", gab Luisa zurück, „ich glaube, sie würde sich freuen. Oder was hältst du von diesem Briefpapier mit den aufgedruckten Spitzenschuhen? Oder so einem Maskottchen, der kleine rosa Pudel hier zum Beispiel?"

„Ihr Mädchen mögt wohl so was", meinte Jonas achselzuckend. „Dann kauf doch was davon. Wird schon richtig sein, jedenfalls passt es zum Ballett."

Luisa brauchte noch ein paar Minuten, um sich zwischen dem Kugelschreiber, einem der niedlichen Maskottchentiere und einem praktischen Stoffbeutel für Wera zu entscheiden, während Jonas mit wachsender Ungeduld die Umkleidekabinen im Auge behielt.

Plötzlich stutzte er. Aus einer der Kabinen vernahm er Stimmen und Gelächter, das ihm bekannt vorkam. Auch Luisa fuhr mit einem Ruck herum und starrte auf den Vorhang, der soeben zur Seite geschoben wurde.

Aus der Kabine trat Julika, und hinter ihr Alina. Beide blickten nicht weniger verblüfft drein als Luisa und Jonas.

„Unsere ganze Ballettgruppe scheint sich hier zu versammeln!" Jonas fand seine Sprache als Erster wieder. „Weil ich mir eine neue Hose kaufen will, ja? Ich muss sagen, ich fühle mich geehrt." Er zwängte sich an den drei Mädchen vorbei in die Kabine. „Den Vorhang mach' ich aber trotzdem zu, wenn ihr nichts dagegen habt."

Noch ehe sie einen klaren Gedanken fassen konnte, stand Luisa allein mit Julika und Alina im Laden. Tausend Gedanken jagten ihr durch den Kopf. Wieso ausgerechnet Alina, dachte sie, noch vor wenigen Monaten war sie fast

Julikas Erzfeindin gewesen und dazu ihre größte Konkurrentin, wenn es um Sascha ging. Julika war Alina beim Tanzen immer ein kleines Stück voraus, hatte einfach die größere Begabung, was Alina ihr immer übel genommen hatte. Als Julika sich einmal durch einen missglückten Schritt auf der Bühne den Fuß verstaucht hatte und wochenlang nicht tanzen durfte, hatte Alina versucht, die Situation auszunutzen und statt ihr Saschas wichtigste Tanzpartnerin zu werden. Was hatten die beiden sich angefaucht! Und nun gingen sie zusammen shoppen, teilten sich sogar eine Umkleidekabine im Ballettladen... Luisa verstand die Welt nicht mehr.

Aber auch Julika schaute verlegen drein. Sie hielt ein blaues Tutu hoch, das sie aus der Kabine mitgebracht hatte, und zeigte es Luisa. Dann hängte sie es jedoch wieder an den Kleiderständer. „Zu groß."

Luisa fiel keine Antwort ein. Stattdessen richtete sie einen fragenden Blick auf Alina, die bereits an der Kasse stand.

„Alina will sich Spitzenschuhe kaufen", sagte Julika leise und deutete auf das apricotfarbene Paar, das Alina gerade bezahlte. „Véronique hat nämlich in der Montagsgruppe angedeutet, dass es bei euch nun auch bald so weit ist, dass ihr es probieren könnt, sogar Yvonne. Véronique sagt, ihre Füße wären ideal für den Spitzentanz und sie wäre so was wie ein Überraschungstalent." Sie machte eine kleine Pause, ehe sie fortfuhr: „Jedenfalls hat Alina mich daraufhin gebeten, sie zu beraten." Und beinahe entschuldigend fügte sie hinzu: „Du hast ja schon welche."

In diesem Moment trat Jonas aus der Kabine. Er hatte seine Jacke ausgezogen, trug nur noch ein T-Shirt und dazu die schwarze Ballethose aus dem glänzenden Stoff, die die Verkäuferin ihm empfohlen hatte und baute sich vor den Mädchen auf.

„Na, was sagt ihr?“ Er drehte sich einmal um sich selbst, warf einen prüfenden Blick in den Spiegel und sah dann wieder Luisa und Julika an. Alina steckte ihre Geldbörse weg und eilte zu ihnen zurück.

„Doch, die Hose steht dir, Jonas“, betonte sie. „Sieht klasse aus. Wirklich.“ Sie ging einmal um Jonas herum, nickte immer wieder anerkennend mit dem Kopf und sah ihn bewundernd an. „Echt toll.“

Jonas zog die Nase kraus. „Ich weiß nicht“, meinte er und blickte an sich herunter. „Dieser glänzende Stoff… etwas seltsam komme ich mir schon vor, irgendwie übertrieben. Luisa, was meinst du?“

Luisa musterte Jonas von oben bis unten, dann sah sie Alina an und schließlich Julika. Einen Wimpernschlag lang schien es so, als wollte Julika ihrem Blick ausweichen, aber schließlich hielt sie doch stand und versuchte ein Lächeln. Luisa prustete los, auch Julika fiel ein, beide sahen noch einmal zu Jonas hin, der sich noch immer unter Alinas bewundernden Blicken vor dem Spiegel drehte, und dann konnten sie sich nicht mehr halten, sie gackerten und lachten, bis sie sich auf dem Boden krümmten, weil ihnen der ganze Bauch wehtat.

„Na, nun ist aber gut. Reißt euch mal ein bisschen zusammen.“ Die Verkäuferin kam herbeigeeilt und bedeutete Luisa und Julika mit einer unmissverständlichen Geste, wieder aufzustehen. „Das hier ist eine Ballettboutique und keine Buddelkiste. Los jetzt.“

Noch immer Tränen lachend, rappelten sie sich hoch. Alina sah ihnen mit zusammengepressten Lippen dabei zu. Jonas verschwand wieder in der Kabine, um sich wieder umzuziehen.

„Ich nehm' die normale, aus Baumwolle", sagte er teils erleichtert, teils etwas beleidigt, als er wieder herauskam. „Passt wohl irgendwie besser zu mir." Er drückte der Verkäuferin die glänzende Hose in den Arm, griff noch nach einer CD für Pjotr und ging zur Kasse, Alina hinter ihm her.

Als sie zu viert wieder auf die Straße traten, merkten die Freunde, dass ein kühler Wind aufgekommen war. Julika zog den Reißverschluss ihrer Jacke zu. Luisa bemerkte erst jetzt, dass es die weiße war, die Julika auch damals am Imbissstand getragen hatte. Sie hielt die Luft an und suchte mit ihren Augen nach dem Ketchupfleck, doch Julika begann erneut zu lachen.

„Ich wollte es dir schon längst sagen", meinte sie und drehte sich so, dass Luisa die Jacke genau betrachten konnte. „Siehst du? Es ist alles herausgegangen. War überhaupt nicht schlimm."

8. Endlich Spitze!

Drei Wochen vor der geplanten Reise nach Sankt Petersburg hatten alle Ballettschülerinnen zum ersten Mal ihre neuen Spitzenschuhe dabei. Ohne Ausnahme hatten sie seit Ostern jeden Dienstag eine zusätzliche Ballettstunde genommen und hart trainiert. Nun war es endlich so weit. Schon im Umkleideraum waren die Mädchen viel stiller als sonst. Jede war mit ihren eigenen Gedanken beschäftigt, kam sich ernsthafter und erwachsener vor. Wie hatten sie noch vor zwei Jahren die Mädchen aus den älteren Ballettgruppen bestaunt, wenn diese in Spitzenschuhen und mit verschwitzten, roten Gesichtern aus dem Saal gekommen waren und durstig nach ihren Mineralwasserflaschen gegriffen hatten? Und nun waren sie selbst so weit! Konnte das wahr sein?

Vor allem aber fragten sie sich, ob sie den Anforderungen auch gewachsen sein würden, die die neue Aufgabe des Spitzentanzes mit sich brachte. Was, wenn die Fußgelenke und Wadenmuskeln doch noch nicht weit genug ausgebildet, der Rücken nicht kräftig genug, der Spann zu flach waren? War dann alles vorbei, die Ballettkarriere zu Ende, ehe sie richtig begonnen hatte? Würde der Konkurrenzkampf innerhalb der Gruppe größer werden und der Spaß kleiner? Und was sollten eigentlich die Jungen tun, während die Mädchen übten, sich auf der Spitze zu halten?

Auch Luisa bereitete sich sorgfältig auf ihre erste Ballettstunde in Spitzenschuhen vor. Obwohl sie wusste, dass höchstens die letzte Viertelstunde darin getanzt wurde, so lange sie alle noch als „Anfängerinnen“ galten, bürstete sie ihre langen blonden Haare besonders sorgfältig und achtete beim Hochstecken des Knotens darauf, dass nicht eine Strähne herausfiel und vielleicht beim Tanzen stören könnte. Ihr Herz klopfte wild, denn sie hatte ihre Spitzenschuhe nicht mehr angerührt, seitdem sie sie am Abend ihres Geburtstages heimlich ausprobiert hatte. Nicht einmal mit Julika hatte sie geübt, obwohl sie längst wieder die dicksten Freundinnen waren. Ob es heute wieder so wehtun würde, oder kannte Véronique ein paar Tricks, wie man das vermeiden konnte? In einem Kinderbuch über Ballett, das Luisa sich kürzlich aus der Bücherei ausgeliehen hatte, standen regelrechte Schauermärchen von Tänzerinnen, die sich die Füße schon ganz blutig getanzt hatten, aber vor lauter Leidenschaft immer wieder die Zähne zusammenbissen und weitermachten. Würde Luisa so weit gehen? Oder Julika?

„Ich glaub', ich spinne!" Vanessa, die zusammen mit Jonas öfter auf den letzten Drücker zur Ballettstunde erschien, stürmte in den Umkleideraum. „Da draußen laufen so komische Leute um Véronique rum, ein Mann und eine Frau, und quatschen sie voll!" Sie war so aufgeregt, dass alle in ihren sorgfältigen Vorbereitungen für die Ballettstunde innehielten und ihre Köpfe zu ihr drehten. „Die sind alle beide in Schwarz gekleidet, voll die Künstlertypen, auf jeden Fall tun sie furchtbar wichtig. Auf dem Parkplatz steht auch so ein auffälliges Auto mit einer riesigen Aufschrift, ‚Media Productions' oder so. Habt ihr das auch gesehen? Weiß jemand von euch, was das soll?"

Luisa und Julika sprangen von ihren Bänken auf und rannten zur Tür. Alina und Nicole folgten ihnen. Tatsächlich, an der Tür zum Ballettsaal stand Véronique mit den beiden, von denen Vanessa erzählt hatte. Es war Luisa, die als Erste begriff, um wen es sich dabei handelte.

„Das muss das Team von der Ballettzeitschrift sein", flüsterte sie und krallte ihre Hand in Julikas Arm. „Kapierst du? Von ‚Halbe Spitze', die Leute, die mit uns den Fotoroman machen wollen!"

„Deswegen will ich aber nicht gleich blaue Flecken kriegen“, zischte Julika zurück. „Au weia, ausgerechnet heute tanzen die hier an? Bei der ersten Stunde in Spitzenschuhen?“

„Irgendwann müssen sie ja“, meinte Sandra. „Véronique hat ja gesagt, dass die uns vor der Reise noch hier beim Training fotografieren wollen. Viel Zeit ist da nicht mehr.“

„Wie ich Véronique kenne, hat sie das absichtlich ausgemacht.“ Luisa beobachtete, wie die Fotografen jetzt der Lehrerin in den Saal folgten und sich alles zeigen ließen. „Die Leute ausgerechnet heute hierherzulotsen, meine ich.“

„Auf jeden Fall müssen wir dadurch einen doppelt guten Eindruck machen“, entschied Vanessa. „Los, beeilen wir uns, damit wir nicht auch noch zu spät kommen!“

Leise miteinander flüsternd gingen die Mädchen in den Ballettsaal. Jonas und Christian waren schon da und wählten mit Véronique die Musik für die heutige Ballettstunde aus. Statt wie sonst immer herumzualbern und abzuwarten, bis Véronique sie zur Ruhe rief und die ersten *exercises* erklärte, legten sie schweigend ihre Spitzenschuhe an der nicht verspiegelten Wand des Saales ab und verteilten sich für die Übungen am Boden. Rasch kamen die beiden Jungen hinzu und suchten sich ebenfalls einen Platz. Die Fotografen hatten vor der Tür zu einer kleinen Kammer, in der sich Gymnastikmatten und Zubehör für Jazzdance befanden, besonders helle Lampen installiert und eine Kamera auf ein Stativ geschraubt. Nun überprüften sie die Belichtung. Als sie die Ballettschülerinnen erblickten, nickten sie ihnen freundlich zu.

„Meine Lieben, wie ihr euch sicherlich schon gedacht habt, haben wir heute Besuch von dem Journalistenteam der Ballettzeitschrift ‚Halbe Spitze', das durch einen freundlichen Hinweis von Tims Vater auf uns und unsere Ballettfreunde aus Sankt Petersburg aufmerksam geworden ist", begrüßte Véronique ihre Gruppe.

Luisa und ihre Freunde lächelten den Gästen zu.

„Ich wusste nicht, dass sich in dieser Branche alle duzen", sagte die Lehrerin etwas nervös, „jedenfalls sind dies Elke und Adrian."

„Wir wissen es aber", rief Luisa, „Magdalena Kirchner vom ‚Wochenkurier' durften wir damals auch gleich duzen."

„Dann seid ihr ja schon richtige Medienprofis", lachte Adrian, ein hagerer junger Mann, der sich seine langen schwarzen Haare hinten zu einem Zopf zusammengebunden hatte. Dann stellte Véronique den Journalisten alle Ballettschüler vor und erklärte den jungen Tänzern noch einmal, worum es ging: Die ganze gemeinsame Geschichte beider Ballettgruppen vom Training in den Heimatländern bis hin zur gemeinsamen Ballettaufführung sollte in einer Bilderfolge nacherzählt werden, mit allen deutschen und russischen jungen Tänzern als „Schauspielern". Dann warteten alle gespannt auf die ersten Anweisungen der Lehrerin.

„Nanu, ich erkenne euch ja kaum wieder", staunte Véronique wenig später, als sie sich im Grätschsitz niederließ und die Streckung des Fußes vormachte. „Aus meiner Kindergruppe sind fast erwachsene Tänzerinnen und Tänzer geworden. Dann zeigt mal, was ihr drauf habt! Die Füße schön strecken und wieder hochziehen, das rechte Bein heben …"

Nachdem die ganze Gruppe eine Dreiviertelstunde lang konzentriert geübt hatte und die Fotografen bereits unzählige Fotos von jedem Jungen und jedem Mädchen, aber auch von der gesamten Truppe im Kasten hatten, erlaubte Véronique den Mädchen endlich, ihre Spitzenschuhe anzuziehen. Das ließen sich Luisa, Julika, Alina, Sandra, Conni, Yvonne und Nicole nicht zweimal sagen! Alle setzten sich in einer Reihe auf den Boden, stülpten zuerst die weichen Kappen über ihre Zehen und schlüpften dann in ihre rosa oder apricotfarbenen Schuhe aus schimmerndem Satin. Véronique ging umher und zeigte den Mädchen, wie man die Schuhe richtig bindet. Julika, die als Erste damit fertig war, half ebenfalls. Schon diese Aufgabe erforderte Konzentration, nicht nur, weil sie auch dabei immer wieder fotografiert wurden. Es war mucksmäuschenstill im Ballettsaal.

Bis auf eines der beiden Bänder von Sandras linkem Schuh, das zu lose angenäht war, fand Véronique nichts zu beanstanden. Es konnte losgehen. Aus dem CD-Player ertönte leichte, melodische Geigenmusik. Die Ballettlehrerin ließ die jungen Tänzer sich zu zweit aufstellen. Seit ihrer Versöhnung mit Julika stand Luisa wieder abwechselnd neben ihr und Jonas.

„Als Erstes üben wir, in den Spitzenschuhen einfach nur zu *gehen*“, sagte Véronique. „Sicher habt ihr gleich gemerkt, wie unterschiedlich sich das anfühlt im Vergleich zu den Schläppchen und sogar zu den Straßenschuhen.“

„Das kann man wohl sagen“, stöhnte Yvonne, „ist die Sohle aus Holz?“

Véronique lachte. „Keineswegs“, erwiderte sie, „sie ist nur durch ein spezielles Herstellungsverfahren versteift worden, damit die Tänzerin beim Spitzentanz nicht wegknickt. Geht jetzt bitte einfach bis zur schräg gegenüberliegenden Ecke, so wie ihr in euren anderen Schuhen auch geht."

Julika und Luisa waren die Ersten. Während Julika das Gehen in Spitzenschuhen bereits gewohnt war, hatte Luisa dies nur ein einziges Mal zu Hause versucht und wusste noch genau, dass ihr eigener Gang ihr damals vorgekommen war wie der einer Ente. Während sich Julika bereits recht sicher in ihren Spitzenschuhen bewegte, stellte Luisa erleichtert fest, dass die anderen Mädchen darin ebenso eigenartig herumstolzierten wie sie selbst. Hoffentlich richten die Fotografen ihre Kameras nicht genau auf unsere Füße, dachte sie. Véronique ließ sie alle in kurzer Abfolge hintereinander durch den Saal schreiten, und als alle gleichzeitig in Bewegung waren, hörte man die acht Paar Spitzenschuhe auf den Boden klopfen wie holländische Holzclogs. Verwundert begannen Luisa und ihre Freundinnen zu kichern.

„Ich glaube, nun muss ich euch doch mal zeigen, wie man in Spitzenschuhen richtig über die Bühne geht", sagte auch Véronique lachend. „Vielleicht habt ihr es bei Julika schon gesehen, die es in ihrer Fortgeschrittenengruppe geübt hat. Wenn ihr so geht wie jetzt eben, sieht es für das Publikum, das ja unten sitzt, seltsam aus, weil man eure Füße nicht sieht. Deshalb müsst ihr bei jedem Schritt ein Bein nach vorn strecken und nicht wie in euren Straßenschuhen den Fuß von der Ferse her abrollen, sondern mit der Fußspitze zuerst auftreten. Dann wirkt es gleich viel eleganter, und leiser ist es auch. Probiert es aus!"

Die Ballettschülerinnen folgten der Anweisung ihrer

Lehrerin. Diese Art, möglichst anmutig durch den Saal zu gehen, kannten sie von vielen früheren Ballettstunden her. Man musste dabei das Spielbein immer ein wenig auswärts drehen. Luisa gelang es, beinahe lautlos bis zum anderen Ende des Saales zu kommen. Im zweiten Durchgang sollten die Mädchen mit kurzen, schnellen Schritten die gleiche Übung durchführen. Auch dies klappte!

Dann verteilten sich alle an der Stange. Zum ersten Mal führten die Mädchen ihre üblichen *exercises* in Spitzenschuhen aus! Erstaunt stellte Luisa fest, wie viel schwieriger darin allein schon ein normales *relevé* auf halber Spitze war, ganz zu schweigen von einer *arabesque*, selbst wenn man sich dabei an der Stange festhalten durfte!

„Ich möchte wissen, wie die Profitänzerinnen damit klarkommen", stöhnte sie leise in Sandras Richtung, „so eine ganze Aufführung auf Spitzenschuhen durchzustehen, muss doch Mord sein! Mir tut jetzt schon alles weh!"

„Mir auch", flüsterte Sandra zurück, „dabei haben wir noch nicht einmal ganz auf der Spitze gestanden. Hoffentlich lässt Véronique uns überhaupt!"

Luisa nickte. Zwar spürte sie bereits, dass sie viel mehr zu schwitzen begann als sonst, denn bei den ungewohnten Bewegungen wurden ihre Muskeln ganz neu beansprucht. Aber der Höhepunkt dieser Ballettstunde, dem sie alle seit Wochen entgegenfieberten, fehlte noch.

Doch Véronique schien ein Einsehen mit ihren eifrigen Schülerinnen zu haben. Sie gab den Fotografen ein kurzes Handzeichen und diese stellten ihre Kameras neu ein. Elke wechselte noch rasch ihren Film.

„Erste Fußposition, und beide Hände auf die Stange", rief Véronique schließlich, „Rücken und Hals gerade, den

Kopf schön nach vorn. Schaut euch im Spiegel an! Prima. Und nun *relevé* auf halbe Spitze – gut so, ja. Jetzt die Kniescheiben hochziehen, Wadenmuskeln anspannen und langsam ganz auf die Spitze erheben!"

Im Nu herrschte angespannte Stille im Saal. Jedes Mädchen wollte alles richtig machen. Im Spiegel entdeckte Luisa Jonas und Christian, die sich an die gegenüberliegende Wand lehnten und sie beobachteten. Doch dann konzentrierte sie sich ganz auf ihre Aufgabe. Langsam erhob sie sich auf die halbe Spitze, verlagerte ihr Gewicht ein klein wenig in die Arme, aber nicht so, dass es einem Aufstützen auf der Stange gleichgekommen wäre. Von hinten hörte sie unentwegt das Klicken der Kameras, versuchte jedoch nicht daran zu denken. Dann spannte sie sämtliche Beinmuskeln an, schaffte es tatsächlich, die Kniescheiben hochzuziehen – und stand! Luisa stand zum ersten Mal richtig auf der Spitze, in ihren eigenen Spitzenschuhen! Gerade noch hatte sie gespannt den Atem angehalten, doch jetzt atmete sie tief ein und aus und sah im Spiegel ihre eigenen Augen leuchten. Oder waren es Freudentränen, die darin schimmerten? Wieso hatte sie einen Kloß im Hals?

„Jetzt langsam wieder auf die Ferse herunterkommen", holte Véronique sie aus ihren Gedanken, „und dann noch dreimal *plié, relevé auf halbe Spitze, plié, relevé auf ganze Spitze*. Bitte schön."

Am Ende der Übung war Luisa nass unter den Achseln, und trotz ihres sorgfältig gebundenen Haarknotens hatte sich eine einzelne Strähne gelöst und klebte ihr feucht im Nacken. Sie blickte zu den anderen Ballettschülerinnen und stellte fest, dass es ihnen ebenso erging. Luisa war geradezu erleichtert, als Véronique ihre Schülerinnen endlich

Arme und Beine ausschütteln ließ und die Ballettstunde schloss. „Übt das ruhig auch ab und an zu Hause“, ermutigte sie die Mädchen, „umso sicherer werdet ihr und eure Muskulatur bleibt im Training. Eine Stuhllehne als Ballettstange genügt.“

Die Fotografen packten ihre Kamera ein, legten das Stativ zusammen und bedankten sich freundlich bei Véronique und allen Ballettschülern und -schülerinnen. „Es war sehr beeindruckend, euch bei diesem harten Training zuzusehen“, meinte Elke. „Ich habe vom Tanzen ja keine Ahnung, aber das, was ihr heute geleistet habt, stelle ich mir ungeheuer schwer vor.“ Adrian nickte.

„Ach was“, riefen die Mädchen wie aus einem Munde, obwohl sie noch immer schwitzten. „War doch halb so schlimm.“

Auf dem kurzen Weg zum Umkleideraum legte Jonas von hinten sachte seine Hand auf Luisas Arm. Luisa drehte sich um.

„Ich fand, bei dir sah es am besten aus“, sagte er leise.

Luisa wurde ein bisschen rot. „Aber doch nicht besser als bei Julika“, sagte sie verlegen lachend, „oder Alina. Trotzdem danke.“

„Nein, fand ich wirklich“, beteuerte er. „Du hast dich am meisten gefreut, als du zum ersten Mal oben warst. Die Fotografen fanden das übrigens auch. Von dir gibt es bestimmt eine Großaufnahme!“

9. Auf nach Sankt Petersburg!

„Hast du denn jetzt alles eingepackt, Luisa?“ Die Mutter kam bestimmt schon zum dritten Mal in Luisas Zimmer, um sie an alles Mögliche zu erinnern, was für die weite Reise wichtig war. „Wo ist dein Ausweis, das Gastgeschenk für Wera, deine Ballettkleidung? Nicht, dass nachher noch etwas fehlt! Aus der Entfernung kann ich dir dann nicht mehr helfen.“

„Ich hab' wirklich alles, Mama.“ Luisa nahm ihren Koffer in die Hand, ließ ihn jedoch gleich darauf wieder zu Boden plumpsen, weil er so schwer war. „Es ist ja nur eine Woche. Bestimmt brauche ich nicht mal die Hälfte von dem ganzen Zeug.“

„Zu viel ist in dem Fall besser als zu wenig“, insistierte die Mutter. „Aber, nun komm. Papa ist schon unten am Auto. Wir wollen doch pünktlich sein!“

Am Flughafen trafen sie gleich auf Véronique, ihren Ehemann Alexander und die anderen Ballettschüler und -schülerinnen mit ihren Müttern und Vätern. Jonas und Vanessas Eltern waren tatsächlich mit eigenen Koffern erschienen und reisten mit. Alle redeten aufgeregt durcheinander; die Jungen und Mädchen teilten miteinander die Vorfreude auf den Flug und das Wiedersehen mit Sascha und seinen Freunden, während die Mütter und Väter vergeblich versuchten, ihnen letzte Ratschläge mitzugeben. Véronique hielt die Tickets bereit und zählte die Teilnehmer der Reise durch, ob auch ja niemand fehlte, doch plötzlich stutzte sie.

„Habt ihr Yvonne schon gesehen?", fragte sie Luisa und Julika, die dicht neben ihr standen. „In zehn Minuten müssen wir einchecken. Hoffentlich kommt sie nicht zu spät!"

„Da ist sie schon!", rief Luisa und deutete auf Yvonnes blonden Lockenkopf. Yvonne kam gerade durch die Drehtür. „Typisch, sie kommt zusammen mit dem Team von der Zeitschrift."

„Und hinterher dackelt Tim und schleppt ihren Koffer!" Auch Julika lachte. „Nein, sogar *zwei* große Koffer! Braucht sie so viel Kram, um sich schön zu machen?"

„Das ist nicht Yvonnes Koffer." Tim war herangetreten und wies auf das schwere Gepäckstück, das er in seiner linken Hand getragen hatte. Dann wischte er sich den Schweiß aus dem Gesicht. „Das ist meiner."

„Deiner?", echoten fast alle aus der Ballettgruppe wie aus einem Mund und starrten Tim an. „Kommst du mit?"

„Fängst du jetzt doch noch mit Ballett an?", fügte Luisa noch hinzu. „Das hätte dir aber auch eher einfallen können." Leicht beleidigt dachte sie daran zurück, wie Julika und sie ihn im vergangenen Jahr dazu überreden wollten, auch Ballettstunden in ihrer Gruppe zu nehmen. Darüber hatte Tim sich so geärgert, dass die Freundschaft beinahe darüber zerbrochen wäre. Ballett, hatte er gemeint, sei nur etwas für Weicheier. Klar, inzwischen dachte er etwas anders darüber, das wussten sie alle. Aber trotzdem …

„Keine Angst", erwiderte Tim in beruhigendem Tonfall. „Ich habe mir noch kein Tutu gekauft. Aber da gerade schulfrei ist, hat mein Dad mir den Trip nach Petersburg spendiert, damit ich den Fotografen ein bisschen über die Schulter linsen kann. Ich will nämlich später auch mal irgendwas mit Medien machen."

Dann wurde es Zeit, das Gepäck einzuchecken und Abschied zu nehmen. Luisa umarmte ihre Eltern, und auch die anderen Mütter und Väter sagten ihren Kindern liebevoll auf Wiedersehen. Eine Bodenstewardess winkte Véronique und die Ballettgruppe zu sich heran. Die Maschine stand zum Abflug bereit.

„Seht nur", lächelte Véronique, kurz nachdem der Flugkapitän die bevorstehende Landung angekündigt hatte, „dort, wo man durch die Wolken hindurchsehen kann, erkennt ihr schon Russland."

Luisa beugte sich über Julika, die einen Fensterplatz ergattert hatte, und sah hinaus. Tatsächlich, tief unter ihnen sah man bereits Berge und Flüsse, Straßen und Häuser und irgendwo eine fahrende Eisenbahn.

„Wahnsinn", stieß Jonas hervor, der genau wie seine Schwester noch nie geflogen war. Vanessa war ein wenig blass um die Nase, was sich noch verstärkte, wenn der Pilot eine Kurve in leichter Schräglage flog, doch auch sie sah tapfer nach unten, um die beeindruckenden Landschaftsbilder nicht zu verpassen. Tim hielt lässig Yvonnes Hand und erklärte ihr irgendetwas über Geschwindigkeit und Flughöhe. Adrian und Elke saßen hinter ihm auf einem besonders günstigen Platz und fotografierten um die Wette, mal die erstaunten Gesichter der Ballettschüler, dann wieder Russland aus der Vogelperspektive.

„Das muss Sankt Petersburg sein!", rief plötzlich Alexander, Véroniques Mann. „Seht ihr die wundervollen Zwiebeltürme? Die sind ganz berühmt. Ich hoffe, wir werden ein wenig Zeit finden, das alles ausgiebig zu besichtigen."

„Liegt da noch Schnee?" Luisa zog die Nase kraus. „Auf einem einzigen Gebäude?" Sie zeigte auf ein üppiges Monument mit lauter großen und kleinen Türmen, das aussah, als wäre es im Gegensatz zum Park und den anderen Häusern dick verschneit – oder aber mit Zuckerguss überzogen worden.

Alexander lachte. „Könnte man beinahe denken", nickte er, „aber was du meinst, ist der weltbekannte Zuckerbäckerstil, eine ganz besondere Bauweise, die nur in Russland zu finden ist. Bezaubernd, nicht wahr?"

„Man bekommt gleich Lust, sich ein Ballett auszudenken, das in solch einem herrlichen Palast spielt", sagte Julika schwärmerisch.

„Deswegen kommen wir ja her", betonte Véronique. „Aber nun setzt euch wieder gerade hin und überprüft, ob ihr auch richtig angeschnallt seid. Ich sehe schon die Landebahn!"

Das Wiedersehen mit den Ballettfreunden war überwältigend. Julika und Sascha hielten einander minutenlang in den Armen und weinten, Luisa fiel Wera um den Hals, Jonas versuchte, seinen Gastgeber Pjotr auf Russisch zu begrüßen und auch Véronique und Alexander strahlten mit der Sankt Petersburger Ballettlehrerin und ihrem Ehemann um die Wette. Auch diese Szenen wurden von den mitreisenden Fotografen festgehalten, was die Mädchen und Jungen jedoch kaum noch wahrnahmen.

Zu Hause bei Wera überfiel Luisa zum ersten Mal seit ihrer Ankunft so etwas wie Schüchternheit. Weras Mutter lächelte immerzu, nahm ihr die Tasche ab, führte sie durch die enge, bescheiden eingerichtete Wohnung, stellte ihr Weras zwei kleinere Geschwister vor, deren Namen Luisa nicht verstand und klopfte mit der flachen Hand auf das Bett, in dem Luisa schlafen sollte. Aber sie sagte alles auf Russisch, richtete auch Fragen an Luisa auf Russisch, und Wera konnte nichts übersetzen, da sie selbst nur wenige Brocken Deutsch verstand! Luisa nickte und lächelte nach jedem Satz, traurig, dass sie nichts antworten konnte. Weras Familie war so nett zu ihr, sie hörte es am Klang der Sätze und sah es in den Gesichtern. Heimlich zählte sie dennoch im Stillen schon die Stunden bis zur Ballettprobe am nächsten Morgen, wenn sie Julika, Jonas und ihre anderen Freunde wiedersehen und wenigstens Frau Romanowa für alle dolmetschen konnte. Musste es Wera nicht ebenso ergangen sein, als sie zu Besuch bei Luisa gewesen war?

Nach dem Abendessen, einer roten Suppe mit Wurst und sauren Gurken und einem Sahnehäubchen drin, die sich „Soljanka“ nannte, zeigte Luisa ihrer Freundin die neuen Spitzenschuhe. Wera lächelte und holte ihre ebenfalls hervor.

Wie zertanzt ihre schon aussehen, dachte Luisa etwas beschämt, der Stoff ist an den Nähten schon ausgefranst und die Bänder ganz grau geworden! Die Spitzen muss Wera bestickt haben, um sie aufzurauen und den Stoff etwas stabiler zu machen. Sicher bewegt sie sich ganz oft auf der Spitze, nicht nur zweimal pro Woche, so wie ich. In den letzten Wochen habe ich nicht mal mehr zu Hause geübt, weil mir die Füße immer so wehtaten. Wie halten die Ballettschüler von hier es nur aus, an jedem Nachmittag drei Stunden zu trainieren? Eine Stunde davon fand doch bestimmt auf der Spitze statt!

Gleich am zweiten Abend erwartete Luisa und ihre Freunde eine besondere Überraschung: Frau Romanowa verkündete, alle Ballettschüler beider Gruppen wären von einem berühmten Sankt Petersburger Ballettensemble eingeladen worden, sich deren Aufführung von „Schwanensee“ anzusehen! Die Jungen und Mädchen jubelten. Besonders Luisa war außer sich vor Freude und wirbelte abwechselnd mit Julika, Wera und Jonas im Kreis herum.

„Schwanensee ist mein Lieblingsballett“, schwärmte sie, „die Musik ist so schön, und dann werden wir auch endlich einmal den ‚Tanz der vier kleinen Schwäne‘ bewundern können! Ich kann es kaum erwarten!“

Sie wurde nicht enttäuscht. Die erwachsenen Tänzerinnen und Tänzer boten eine herausragende Vorstellung. Atemlos lauschten alle der Musik und verfolgten gespannt das Geschehen auf der Bühne. Luisa saß zwischen Wera und Jonas und beobachtete hingerissen die Szene mit Odette und dem Prinzen Siegfried am See, die von den anderen „Schwänen“ umrahmt wurde. Als der böse Zauberer Rotbart auftauchte, um die Liebenden zu entzweien, musste Luisa sich zusammenreißen, um nicht vor Spannung auf ihren Nägeln zu kauen. Bei dem berühmten *Pas de quatre*, dem Tanz der vier kleinen Schwäne, kamen ihr vor Rührung beinahe die Tränen.

„Wie leicht es bei denen aussieht", flüsterte ihr Julika, die hinter ihr neben Sascha saß, ins Ohr. „Weißt du noch, wie wir uns alle miteinander verknotet haben, als wir versucht haben, uns so hinzustellen?"

„Pass auf, eines Tages tanzt du da mit", kicherte Luisa.

„Und wenn es nur bei einer der anderen Szenen im *corps de* ballet wäre, in der hintersten Reihe, wäre ich schon superglücklich", seufzte Julika. Dann jedoch wurden sie beide wieder still, um nicht eine Sekunde dieser traumhaften Darbietung zu verpassen, und als die Vorstellung schließlich zu Ende war, nachdem Siegfried den bösen Rotbart besiegt hatte und mit Odette wieder vereint war, erschien es Luisa, als erwachte sie aus einem wunderschönen Traum.

Während der nächsten Tage spürten auch Luisa und ihre Freunde, was es heißt, so hart zu trainieren wie die Jungen und Mädchen aus Frau Romanowas Ballettschule, die alle einmal so erfolgreich werden wollten wie die Tänzer des „großen" Sankt Petersburger Balletts. Jeden Nachmittag übten sie die Tänze aus ihrem gemeinsamen Stück „Großstadtlichter", das von zwei verfeindeten Kinderbanden handelte, die sich nach einigen Streitigkeiten schließlich doch miteinander anfreundeten. Im vergangenen Winter hatten sie dieses moderne Ballett gemeinsam aufgeführt, und am Ende ihrer gemeinsamen Zeit in Sankt Petersburg sollte es nun ebenfalls noch einmal einem großen Publikum gezeigt werden. Zwar achtete Véronique gemeinsam mit Frau Romanowa ständig darauf, dass die deutschen Ballettschülerinnen es besonders mit dem Spitzentanz nicht übertrieben, doch andererseits wollten Luisa und ihre Freunde so wenig wie möglich hinter den anderen zurückstehen und gaben sich doppelt Mühe.

Besonders Julika strengte sich an. Ihre Aufgabe war es, zu einem romantischen Musikstück gemeinsam mit Sascha zu tanzen. Adrian und Elke, die beiden Fotografen, waren fast bei jeder Probe dabei und schossen Unmengen von Fotos. Auch Tim war jeden Tag dabei und durfte oft unter Elkes Anleitung die Beleuchtung übernehmen. Luisa wusste, dass Julika nichts mehr fürchtete, als dass die Fotografen für die Szenen mit Sascha ein anderes Mädchen auswählen könnten. Sie war auf der Spitze die sicherste Tänzerin innerhalb ihrer eigenen Gruppe – der Unterschied zu dem Können der russischen Mädchen jedoch war unübersehbar.

Während Julika und Sascha ihre Probe fortsetzten und immer wieder unterbrechen mussten, wenn Adrian und Elke sie für eine Kameraeinstellung in einer bestimmten Pose sehen wollten, spürte Luisa, wie ihr Herz immer nervöser zu schlagen begann. Mit feuchten Händen dachte sie daran zurück, dass sie bei ihrem Solo während der letzten Aufführung ihre Schritte vergessen hatte. Nur durch Weras geschickte, aber unauffällige Hilfe war es ihr gelungen, sich gerade noch rechtzeitig wieder hineinzufinden. Jetzt hatte Luisa noch Muskelkater von der gestrigen Probe, und ihre Spitzenschuhe scheuerten an der Ferse ein wenig. Würde Luisa sich nicht restlos blamieren, wenn sie mit Wera gemeinsam auftrat?

„Super, Julika." Die Stimme der russischen Ballettlehrerin Frau Romanowa riss Luisa aus ihren Gedanken. „Die Pirouette hast du wirklich toll hinbekommen, schon fast wie ein Profi. Wird man das denn auch auf Ihren Fotos sehen, Adrian?"

„Ich tue mein Bestes." Adrian machte eine tiefe Verbeugung. „Genau wie Ihre kleine Ballerina."

Julika war ganz rot angelaufen und strahlte, dann lief sie zu Luisa. „Jetzt bist du dran", rief sie ganz außer Atem und zog ihre beste Freundin am Arm aus dem Sitzen hoch. „Los, komm, Luisa, das schaffst du auch!"

Ein wenig mühsam rappelte sich Luisa hoch. Wera hatte sich bereits ihre Spitzenschuhe angezogen und machte ein paar *pliés* auf halber, danach auf ganzer Spitze. Véronique kam zu Luisa und legte ihr die Hand auf die Schulter.

„Du tanzt zuerst deinen Teil genau wie immer", sagte sie. „Dabei machst du alles genau wie Wera, nur dass sie bei ihren *arabesques* und *Pirouetten* von Anfang an auf der Spitze steht und du auf halber. Dann hat Wera ein etwas längeres Solo. Bei deinem wichtigsten Teil zum Schluss darfst du dann auch auf der Spitze tanzen, aber nicht eher. Danach wieder alles *demi-pointes*, bis auf deine Einlage beim Finale. Sonst wird es zu viel für dich. Glaubst du, das bekommst du hin?"

Luisa nickte. Dann fiel ihr etwas ein, und sie wandte sich an Adrian. „Macht aber von mir auch Fotos beim Spitzentanz", sagte sie, „und zwar möglichst viele. Eure Leserinnen müssen ja nicht wissen, dass ich darin noch Anfängerin bin."

„Wird gemacht", sagte Adrian lächelnd und legte einen neuen Film ein.

Dann ertönte die Musik, die Luisa und Wera schon so gut kannten. Der erste Teil des gemeinsamen Tanzes klappte fast fehlerfrei, und Wera blühte bei ihrem Solo richtig auf, während Luisa mit feuchten Fingern noch einmal die Bänder ihrer Spitzenschuhe überprüfte.

Sie wusste genau, was sie zu tun hatte: Sie musste drei lange Schritte auf Wera zutanzen, dann kam eine *arabesque*, dann drei kurze Schritte, wieder eine *arabesque* und das ganze drei Mal hin und her, bis Wera und sie schließlich genau mit dem Schlussakkord dicht voreinander stehen bleiben mussten – mit beiden Füßen auf ganzer Spitze, die Arme in der 3. Position. So sollten sie verharren, bis der letzte Ton dieses Musikstücks verklungen war.

Ist das anstrengend, dachte Luisa nach ihrer zweiten *arabesque* und biss die Zähne zusammen. Ihre Fußgelenke schmerzten, in ihren Waden zog es, an der Ferse scheuerte der Stoff ihrer Spitzenschuhe noch immer, und ihre großen Zehen fühlten sich doppelt so groß an wie sonst. Während sie weitertanzte, dachte sie teils sehnsüchtig, teils beschämt daran zurück, wie herrlich weich sich das Leder ihrer Schläppchen anfühlte, wie biegsam deren Sohle war und wie leichtfüßig sie jeden Schritt, jede Bewegung darin ausgeführt hatte.

Dies also war es nun, worauf sie so eifrig hingearbeitet hatte, wovon sie über viele Monate immer wieder geträumt hatte, weswegen ihre Freundschaft zu Julika um ein Haar zerbrochen wäre? Diese Anstrengung, all der Schweiß, der ihr schon jetzt den Rücken hinunterlief, diese Schmerzen in den Füßen? Was war daran so toll?

Doch schließlich hatte Luisa es geschafft. Genau im richtigen Augenblick blieb sie vor Wera stehen, und es gelang ihr, dabei nur leicht zu schwanken. Die Musik verklang. Erst jetzt nahm sie die Blitzlichter der Fotografen wahr, den Beifall der anderen Ballettschüler, den hoch erhobenen Daumen von Jonas. Schließlich sanken Wera und sie langsam auf ihre Fußsohlen hinunter. Die beiden Mädchen lächelten einander an, dann steuerten sie gemeinsam die schmale Holzbank an, auf der sie sich kurz ausruhen durften, während die anderen sich bereits für den Tanz des *corps de ballet* aufwärmten.

Luisa löste die Bänder ihrer Spitzenschuhe, streifte sie sich mit einem erleichterten Seufzer von den Füßen und zog die losen Kappen von den Zehen. Dann stopfte sie alles zusammen so tief in ihre Balletttasche, wie es nur ging, und streifte ihre kühlen, weichen Schläppchen über die Füße. Ihre großen Zehen schmerzten noch immer.

Die harten Dinger ziehe ich heute jedenfalls nicht mehr an, dachte sie.

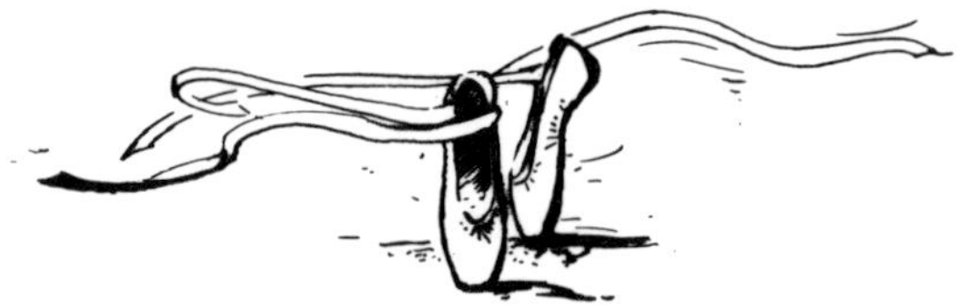

10. Entscheidung beim Spitzentanz

„Au weia." Luisa schlug sich in der Garderobe des Sankt Petersburger Theaters, in dem am folgenden Tag die Aufführung der beiden Ballettgruppen stattfinden sollte, mit der flachen Hand auf den Mund. „So ein Mist! Ich habe meine Spitzenschuhe vergessen. Sie liegen noch zu Hause in Weras Zimmer."

Véronique runzelte die Stirn. „Bist du sicher? Sieh noch mal genau nach. Deine Balletttasche sieht doch so voll aus."

Luisa schüttelte den Kopf. „Die ist immer so voll. Da

liegt meine Wickeljacke drin, zwei verschiedene Trikots und das Maskottchen, das Jonas mir mal geschenkt hat. Die Spitzenschuhe passen sowieso kaum noch rein."

„Das ist ungünstig", meinte Véronique. „An deinem Spitzentanz hätten wir eigentlich heute noch etwas arbeiten müssen. Aber Wera wohnt zu weit weg, um die Schuhe jetzt noch zu holen."

Luisa nickte. Ein Glück, dachte sie. Noch einen Tag darin hätte ich nicht ausgehalten. Morgen ist es noch früh genug.

„Dann tanzt du eben heute alles in deinen Schläppchen", seufzte die Lehrerin, „es hilft ja nichts, jetzt zu jammern. Mach dich bitte fertig, wir fangen gleich an."

In diesem Moment trat Yvonne hinzu. Sie hatte ihre Spitzenschuhe bereits an. „Ich könnte für dich einspringen, Luisa", schlug sie vor und steckte eine ihrer blonden Locken fest, die sich aus dem Haarknoten gelöst hatte. „Deinen Tanz kenne ich genau. Ich glaube, das kriege ich hin."

„Nein!", rief Luisa und wich entsetzt einen Schritt zurück. „Meinen gemeinsamen Tanz mit Wera soll ich an dich abtreten? Niemals!"

„So dumm ist die Idee nicht", mischte sich Véronique erneut ein. „Zumindest kämst du als Einzige für eine Zweitbesetzung in Frage, Yvonne, weil alle anderen Mädchen schon eine feste Rolle haben. Allein du warst bei der ersten Aufführung von ‚Großstadtlichter' noch nicht dabei. Und du hast in den letzten Wochen rasante Fortschritte gemacht. Auch beim Spitzentanz."

Luisa starrte Yvonne noch immer an. „Tut dir denn gar nichts weh, wenn du auf der Spitze tanzt?", fragte sie. „Mir fallen immer fast die Füße ab, und für dich ist es doch auch ungewohnt."

„Es geht", erwiderte Yvonne achselzuckend. „Manchmal piekst es ein bisschen. Aber es ist nicht schlimm."

„Das empfindet jedes Mädchen anders", bestätigte Véronique. „Nicole hat mir auch gesagt, dass sie da Schwierigkeiten hat, und Vanessa ebenso. Es ist eben nicht ein Fuß wie der andere. Also, Yvonne. Ich traue es dir zu. Probier es ruhig und studiere den Tanz ein."

Yvonne lächelte die Ballettlehrerin dankbar an. Tim, der wie immer den Fotografen zur Hand ging, machte gleich eine Nahaufnahme von seiner Freundin in ihrem Bühnenkostüm und mit Spitzenschuhen. Nur Luisa verschränkte die Arme vor der Brust und schaute Véronique grimmig an.

„Nun friss mich mal nicht gleich auf, Luisa", lachte Véronique. „Es ist ja nur für alle Fälle. Es kann doch sein, dass du deine Spitzenschuhe auch morgen wieder vergisst. Oder nicht?"

Dann zwinkerte sie ihr mit einem spitzbübischen Lächeln zu, drehte sich um und rief ein paar Anweisungen für das *corps de ballet* in den Raum.

Zwei Stunden später war die Generalprobe vorüber. Bis auf Luisas vergessene Spitzenschuhe hatte alles recht gut geklappt. Yvonne war auf den Spitzenschuhen überraschend gut gewesen, und Luisa hatte es genossen, sich eine ganze Probe lang in ihren alten Ballettschuhen so sicher und leichtfüßig bewegen zu können, wie sie es gewohnt war. Ihr ganzer Tanz hatte wieder viel ausdrucksvoller und freudiger gewirkt. Zuversichtlich sah sie der Aufführung entgegen. Meine Füße haben sich erholt, dachte sie, dann klappt es morgen auch sicher wieder mit dem Spitzentanz.

Gemeinsam mit den anderen trat sie nach draußen und atmete gierig die kühle Frühlingsluft ein. Noch immer schien die Sonne, und Luisa dachte daran, dass jetzt eigentlich alle zusammen noch etwas Schönes unternehmen sollten. Schließlich war die gemeinsame Zeit in Sankt Petersburg schon fast um.

„Uns fehlen noch Außenaufnahmen vor der schönen Kulisse des Winterpalais zum Beispiel", sagte Adrian genau in diesem Moment, als hätte er Luisas Gedanken erraten. „Die zarte Liebesgeschichte zwischen Julika und Sascha, die ja auch in eurem Stück eine Rolle spielt, möchten wir noch etwas mehr in die Realität verlagern. So was kommt bei den jungen Mädchen, die unser Heft kaufen, garantiert gut an."

Die anderen Jungen und Mädchen waren sofort einverstanden. Frau Romanowa und ihre Ballettschüler zeigten den Gästen voller Stolz ihre Heimatstadt, die herrlichen Grünanlagen, orthodoxen Kirchen, und imposanten Theatergebäude. Auch die Eltern von Jonas und Vanessa nahmen an der Besichtigung teil und unterhielten sich angeregt mit Véronique und Alexander. Elke und Adrian fotografierten um die Wette, Tim hatte oft gute Ideen für die bildnerische Umsetzung des Fotoromans und die Kinder ließen sich ausgelassen darauf ein, die Geschichte ihrer Freundschaft vor dieser herrlichen Kulisse darzustellen. Mal posierten sie in kleineren Grüppchen vor einem Denkmal, stellten mit ihren Freundinnen und Freunden einen Stadtbummel nach oder tobten übermütig in der ganzen Horde durch einen Park.

„Ihr seid nicht nur gute Balletttänzer, sondern noch dazu tolle Schauspieler", lobte Elke.

„Wieso Schauspieler?“, gab Luisa mit gespieltem Erstaunen zurück, „Das ist doch alles echt, was wir hier machen!“

Schließlich erreichten sie das berühmte Winterpalais, das Adrian sich als Hintergrund für eine besonders ergreifende Szene zwischen Sascha und Julika ausgesucht hatte.

„Soll das eine Foto-Love-Story werden?“ Julika zog die Nase kraus und sah den Fotografen ein wenig misstrauisch an. „Aber ohne küssen, das sage ich dir gleich!“

„Ist ja gut“, beruhigte Adrian sie. „Es genügt, wenn du ein paar Minuten lang bei Sonnenuntergang die Hand deines Freundes hältst und ihm für ein Foto tief in die Augen schaust. Sascha, was hältst du davon?“

Sascha nahm Julikas Hand und hielt sein Gesicht so nah vor ihres, bis sie beide fast schielten und Julika zu prusten begann. „Meinst du so?“

„Fast perfekt.“ Adrian nickte. „Nur ein bisschen ernsthafter, wenn ich bitten darf.“

Kurz darauf war auch diese Szene im Kasten. Die Sonne verschwand hinter den Häusern, und lange Schatten fielen über die Straßen und Plätze. Luisa zog ihre Jacke enger um sich und gähnte. Jonas, der sich während der letzten Fotos auf einer Steinmauer niedergelassen hatte, mochte nicht mehr aufstehen. Sogar Véronique lehnte sich an ihren Mann und blinzelte. Alle spürten plötzlich, wie lang der Tag gewesen war – erst die anstrengende Generalprobe und nun noch der Fototermin in der Stadt. Frau Romanowa blickte auf ihre Uhr und nickte.

„Morgen müssen wir alle bei Kräften sein“, mahnte sie. „Gehen wir jetzt schön nach Hause. Und nicht so spät ins Bett, meine Lieben, hört ihr?!“

Nach dem Abendessen mit Weras Eltern und Geschwistern ließ Luisa sich auf ihr Gästebett fallen, zog ihre Socken aus und begann ihre Fußsohlen zu kneten.

„Meine Füße könnte ich abschrauben“, stöhnte sie, „vorhin habe ich kaum gemerkt, wie viel wir gelatscht sind, aber jetzt tut mir alles weh. Dabei hatte ich heute noch nicht mal Spitzenschuhe an!“ Sie betrachtete ihre nackten Zehen, die an einigen Stellen gerötet waren. An der linken Ferse hatte sich eine Blase gebildet, die sofort aufsprang, sobald Luisa sie nur leicht zwischen zwei Fingern zusammendrückte. Eine klare Flüssigkeit lief heraus. Wera reichte Luisa ein Taschentuch und eine große metallene Tube, auf der in kyrillischen Buchstaben etwas geschrieben stand.

„Was ist denn das?“, fragte Luisa neugierig, „Eine neuartige Zahnpasta?“

Wera lachte und schüttelte den Kopf. Dann schraubte sie den Verschluss auf und drückte einen Klecks kühlenden Gels auf Luisas Fuß. Luisa begriff und begann, beide Füße damit ausgiebig zu massieren.

„Du bist ein Engel, Wera“, sagte sie, „jetzt geht es mir schon viel besser.“ Zufrieden streckte sie sich rücklings auf dem Bett aus, legte den Kopf auf ihre verschränkten Arme und schloss die Augen.

Fast wäre sie eingeschlafen, doch plötzlich tippte Wera sanft mit einem Finger auf Luisas Arm. Luisa richtete sich auf und sah sie an.

„Ach du grüne Neune“, stöhnte sie, als sie erkannte, was Wera in den Händen hielt, um Luisa daran zu erinnern. „Jaja, meine Spitzenschuhe. Ich pack’ sie schon ein, damit ich sie morgen nur nicht wieder vergesse.“

Es bleibt mir wohl nichts anderes übrig, dachte sie, als sie die Schuhe zuoberst in ihre Balletttasche legte und den Reißverschluss zuzog. Hoffentlich tut es morgen nicht wieder so weh.

Das Theater in der Innenstadt Sankt Petersburgs war bis auf den letzten Platz besetzt. Frau Romanowa hatte reichlich Werbung betrieben. Alle Ballettschüler hatten konzentriert ihre Aufwärmübungen durchgeführt und boten nun ihr sorgfältig einstudiertes, von Véroniques Ehemann Alexander verfasstes Stück „Großstadtlichter" dar, als wollten sie einen Preis gewinnen. Alle tanzten noch besser als ein halbes Jahr zuvor auf der Bühne in Deutschland. Angefangen von Julikas und Luisas „Frühlingstanz auf dem Land" als Mitglieder der Kinderbande „Stadtrandfüchse", über Weras Solo als Anführerin der Gegenspieler „Neonkids", den witzigen, fantasievollen Einlagen von Jonas und Christian sowie den verschiedenen Gruppentänzen beider Ballettklassen wurde dies immer wieder durch anhaltenden Szenenapplaus des Publikums und das Lob beider Ballettlehrerinnen hinter der Bühne bestätigt.

Auch Luisa zeigte gute Leistungen. Bisher hatte sie alles auf halber Spitze getanzt. Dennoch schmerzten ihre Füße noch immer, besonders der linke, an dem sie sich eine Blase gelaufen hatte. Nun wartete sie hinter der Bühne auf den „Tanz der Bandenchefinnen", den sie mit Wera tanzen sollte, ihren einzigen Einsatz auf ganzer Spitze.

Vorsichtig versuchte sie bereits jetzt ein *relevé sur les pointes*, um festzustellen, ob es noch immer so wehtat. Vielleicht hatten sich ihre Füße ja doch ein wenig daran gewöhnt? Aus den Augenwinkeln bemerkte sie Yvonne, die ebenfalls in Spitzenschuhen neben Tim in einer Ecke stand und sie beobachtete.

Es tat noch weh, aber es erschien Luisa nicht mehr so schlimm wie an den Tagen zuvor. Langsam ließ sie sich wieder auf halbe Spitze, dann auf ihre Fußsohlen hinunter. Den Tanz mit Wera kann ich auf jeden Fall noch schaffen, dachte sie, und nachher beim Finale kann ich versuchen, mich ein wenig hinter Wera zu verstecken und vielleicht doch den einen oder anderen Schritt *demi-pointes* zu tanzen.

Sie lächelte Yvonne zu, um ihr zu signalisieren, es sei alles in Ordnung. Soll sie ruhig vergebens auf ihren Auftritt hoffen, dachte Luisa. Wer bekommt schon nach so kurzer Zeit eine Hauptrolle? Dann überprüfte sie im Spiegel, ob ihr neues Bühnenkostüm auch richtig saß. Frau Romanowa hatte ihr ein rosa Trikot mit einem weit abstehenden Tutu aus mehreren Lagen Tüll geliehen, in das Luisa regelrecht verliebt war.

Es saß alles perfekt. Luisa atmete tief durch. In diesem Augenblick wurde der Kulissenvorhang zur Seite geschoben und Wera erschien hinter der Bühne. Ihr Gesicht war vor Entsetzen verzerrt und in ihren Augen schwammen Tränen. Sie zeigte auf ihren rechten Spitzenschuh und sagte irgendetwas auf Russisch, das Luisa nicht verstand.

„Der ist ja gleich durch", stellte Luisa fest, „der Stoff vorne an der Spitze ist schon total ausgefranst! Du hast Angst, dass es das Publikum sieht, nicht wahr?" Sie befühlte die Spitze am Schuh ihrer Freundin. „Du meine Güte, das löst sich ja auch alles schon in seine Bestandteile auf! Du Arme. Was machen wir nur?"

Nun traten auch Julika und Yvonne näher und besahen sich den Schaden.

„Ich habe durchsichtigen Nagellack dabei", meinte Yvonne. „Vielleicht kann man damit das Ausgefranste ein wenig ankleben, damit es nicht ganz so schlimm aussieht. Die Aufführung ist ja bald vorbei. Zieh schnell den Schuh aus, Wera." Sie zeigte ihr mit Händen und Füßen, was sie meinte.

Wera begann hastig ihre Bänder aufzuknoten. Bis zu dem gemeinsamen Tanz mit Luisa waren nur noch wenige Minuten Zeit! Ungeduldig zerrte und zog sie an dem glatten Satin. Luisa sah, dass der Knoten viel zu fest gebunden war. Auch das noch! Sie hockte sich hin, um Wera zu helfen, doch in diesem Moment geschah es. Nach einem leichten Ruck hielt Wera eines der Schuhbänder in ihrer Hand. Es war abgerissen!

Nun begann Wera richtig zu weinen. Luisa legte den Arm um ihre Schultern und überlegte fieberhaft, was nun zu tun war. Dann schlug sie sich plötzlich mit der Hand gegen die Stirn.

„Dass ich da nicht gleich drauf gekommen bin", flüsterte sie eifrig, „du ziehst einfach *meine* Spitzenschuhe an! Ich brauche sie sowieso nicht." Schon zog sie den linken Schuh aus, atmete erleichtert auf, als sie den Druck auf ihre wunde Stelle am Fuß nicht mehr spürte, und reichte ihn Wera, dann den rechten. „Wir haben doch die gleiche Größe, nicht wahr? Und meine sind noch nicht mal richtig eingetanzt! Nun nimm schon, zieh sie an! Ich schenke sie dir!"

„Moment mal, Luisa." Jetzt schob sich Julika zwischen die beiden Mädchen und blickte verwundert von einer zur anderen. „Was heißt, du brauchst die Spitzenschuhe sowieso nicht? Du sollst doch gleich damit auftreten! Wie hast du dir das vorgestellt?"

Luisa zuckte unbekümmert die Achseln. „Das kann Yvonne machen." Sie nickte der ein Jahr älteren, begabten neuen Tänzerin zu. „Sie ist sowieso viel versessener darauf als ich. Nicht wahr, Yvonne? Also los, beeilt euch!"

Yvonne ließ sich das nicht zweimal sagen. Rasch umarmte sie Luisa und bedankte sich, dann lauschte sie gespannt der Musik vorn auf der Bühne, um auch ja ihren Einsatz nicht zu verpassen. Tim stand herum und glotzte verdattert von einer zur anderen und sah aus, als wisse er nicht, wen von beiden er mehr bewundern sollte. Luisa wühlte bereits in ihrer Balletttasche nach den Schläppchen.

„Sascha muss übersetzen!", rief plötzlich Julika, als sie sah, dass Wera noch immer Luisas linken Spitzenschuh in der Hand hielt und verwundert darauf blickte. Jonas, der die ganze Szene ebenfalls verfolgt hatte, eilte fort, um Sascha zu rufen.

Kurz darauf war alles geklärt. Die ersten Klänge des Stücks, zu dem nun Yvonne und Wera den „Tanz der Anführerinnen" darbieten würden, erklangen und die beiden Mädchen betraten die Bühne. Adrian und Elke begrüßten sie mit einem regelrechten Blitzlichtgewitter.

„Und was ist nun mit dir, Luisa?", fragte Julika, die gemeinsam mit Sascha auf ihren nächsten Einsatz, den „Tanz der Liebenden" wartete.

„Ich werde die glücklichste und beste Schläppchentänzerin sein, die dieses Publikum je gesehen hat", strahlte Luisa. „Und für die Ballettstunden zu Hause gilt das Gleiche. Ihr glaubt gar nicht, wie erleichtert ich bin."

Aber auch Jonas blickte seine Freundin besorgt an. „Willst du Wera wirklich deine Spitzenschuhe schenken?", fragte er. „Die waren doch teuer, und du warst so stolz darauf! Deine Eltern …“

„Das erkläre ich denen schon.“ Luisa war durch nichts mehr aus der Ruhe zu bringen. „Außerdem habe ich mein Gastgeschenk zu Hause liegen gelassen, obwohl meine Mutter mich extra daran erinnert hat. Du weißt doch, dieser kleine rosa Pudel mit dem Ballettröckchen. Der sitzt noch auf meinem Schreibtisch.“

„Also behältst du ihn selber“, lachte Jonas. „das hätte ich mir gleich denken können. Du warst ja ganz verrückt danach.“

„Irrtum, den bekommst du“, kicherte Luisa. „Ich habe sowieso schon überlegt, was ich dir mal schenken könnte. Als Gegenzug zu der süßen Stoffkatze.“

„Nein“, schrie Jonas auf, „bitte nicht, Luisa! So einen Weiberkitsch!“

In diesem Moment erschien Véronique und winkte die Jungen und Mädchen zu sich heran. Das Finale! Sie mussten alle auf die Bühne!

Luisa ging voran und lächelte ihren Freunden noch einmal zu. „Wisst ihr was“, sagte sie leise, und ihre Augen sprühten wie ein Feuerwerk, „ich glaube, ich kann fliegen!“

Dann schlüpfte sie durch den Vorhang und sprang auf die Bühne.